David Albahari
Der Bruder

Roman

Aus dem Serbischen
von Mirjana und Klaus Wittmann

Schöffling & Co.

Deutsche Erstausgabe

Erste Auflage 2012
© der deutschen Ausgabe:
Schöffling & Co. Verlagsbuchhandlung GmbH,
Frankfurt am Main 2012
Originaltitel: *Brat*
Originalverlag: Stubovi kulture, Belgrad
Copyright © 2008 by David Albahari
Alle Rechte vorbehalten
Satz: Fotosatz Amann, Aichstetten
Druck & Bindung: Pustet, Regensburg
ISBN 978-3-89561-425-5

www.schoeffling.de
www.davidalbahari.com

Der Bruder

I.

Als der Briefträger ihm den Brief brachte, sagte Filip, sei er zunächst überzeugt gewesen, dass es sich um einen Irrläufer handele. Niemand schreibe heutzutage mehr Briefe, sagte er, und während der Briefträger ihm mit der rechten Hand den Umschlag reichte und mit der linken in seiner Tasche nach dem Heft suchte, in dem er mit seiner Unterschrift den Empfang bestätigen sollte, wartete er nur darauf, dass dieser ihm sagte, er habe sich geirrt. Er, Filip, sei dermaßen von einem Irrtum überzeugt gewesen, dass er sich nicht einmal den Umschlag angeschaut habe, was gewöhnlich ein jeder tue, neugierig darauf, wer geschrieben hat und woher der Brief kommt. Er habe ihn, äußerst erstaunt, sofort aus der rechten in die linke Hand getan und versucht, ihn dem Briefträger zurückzugeben – eine vergebliche Geste, denn der Briefträger steckte, weil er das Heft für die Empfangsbestätigungen nicht finden konnte, nun auch die andere Hand in die Tasche und wühlte darin, als wollte er einer Windbö oder einem sommerlichen Platzregen entkommen. Diese Schlampigkeit des Briefträgers verwirrte ihn, sagte Filip, denn er war überzeugt, wenn irgendwo, dann herrsche in den Briefträgertaschen Ordnung, jetzt aber stand er da mit dem Brief in der linken Hand und starrte den Briefträger an, der anscheinend voller Verärgerung und Wut bereits andere Briefe und Päckchen aus der Tasche holte, und es hätte ihn nicht gewundert, wenn dieser plötzlich die Tasche umgestülpt und deren ganzen Inhalt ausgeschüttet hätte: Briefe, Drucksachen und Päckchen, die bei jeder anderen Gelegenheit Filips Aufmerksamkeit erregt hätten, da er, wie er sagte, noch nie derart kleine Pakete gesehen hatte. Sie waren so klein, sagte er, dass er sich fragte, was in ihnen steckte und warum die Post sie überhaupt beförderte, aber für solche Fragen gab es einfach keine Zeit. Der Briefträger hatte nämlich das Heft gefunden, hörbar aufgeatmet und erstaunt den Brief angeschaut, den Filip ihm mit der ausgestreckten Linken hinhielt, hatte kurz innegehalten, den Kopf geschüttelt und mit dem Zeigefinger auf die Stelle gedeutet, wo Filip unterschreiben sollte. Auch jetzt noch wisse er nicht, sagte Filip, warum er nicht protestierte, warum er nicht energisch seine Unterschrift verweigerte und erklärte, der Brief sei auf keinen Fall für ihn bestimmt. Stattdessen habe er ihn auf das Tischchen neben der Wohnungstür gelegt, das Heft gegen den Türrahmen gehalten und wie immer mit großen Buchstaben seinen Namen reingeschrieben. Der Briefträger nahm daraufhin das Heft an sich, steckte es wieder in die Tasche, blieb einige Sekunden, wie Filip meinte, in Erwartung eines Trinkgeldes stehen, ging dann aber, als er merkte, dass daraus nichts würde, wortlos die Treppe hinunter. Er machte, sagte Filip, die Tür zu und blieb allein mit dem Brief in der Diele zurück. Da fühlte er, wie ihn Angst überkam. Er wisse natürlich, dass es lächerlich sei, Angst vor einem Brief zu haben, aber nichts anderes habe er gefühlt: weder Neugierde noch Ratlosigkeit, noch Interesselosigkeit, noch Peinlichkeit, Unschlüssigkeit oder Unsicherheit. Nur Angst, als wäre dieses Wort in großen fluoreszierenden Buchstaben in ihm eingeschaltet gewesen, so wie auf Gebäuden Leuchtreklamen eingeschaltet werden, die abwechselnd an- und ausgehen oder deren einzelne Buchstaben nacheinander aufflackern, ehe das ganze Wort erscheint und gleich wieder verschwindet, und einem davon im Hirn nur der Abdruck des Lichts zurückbleibt. So sei auch diese Angst nur der Abdruck von Angst, ähnlich der Spur eines längst vergangenen Bangens gewesen. Er nahm den Brief mit ins Zimmer und setzte sich dort in einen Sessel. Er wusste nicht, wie lange er dort saß, vielleicht eine Stunde, vielleicht auch weniger, in den Händen den Umschlag, den er zunächst an den Rändern, später in der Mitte betastete in der vergeblichen Hoffnung, sagte er, unter seinen Fingern würden sich wie unter Röntgenstrahlen Buchstaben, Sätze, der ganze Text zeigen, und er würde endlich von dem Zustand der Benommenheit, Hilflosigkeit und Lähmung befreit, in dem er sich befand, seit der Briefträger erschienen war und ihm ohne jede Vorwarnung den Brief in die Hand gedrückt hatte. Hätte er ihm den Brief zuvor angekündigt, sagte Filip, hätte er die Fäuste fest zusammengeballt, und niemand, am wenigsten der Briefträger, wäre imstande gewesen, sie zu öffnen und irgendwas in sie hineinzudrücken. Aber jetzt saß er ratlos im Sessel, und der Brief wurde immer schwerer, immer sperriger, so dass er ihn schließlich auf den Boden legen musste. Da – daran erinnere er sich genau – dachte er zum ersten Mal, der Brief könne vielleicht doch für ihn bestimmt sein, der Briefträger hatte sich noch nie geirrt und ihm etwas ausgehändigt, was ihm nicht zustand. Er hob den Brief auf und sah darauf seinen Namen und seine Anschrift in winzigen Buchstaben geschrieben, ganz anders als die große Schrift, mit der er seine Unterschrift im Heft des Briefträgers geleistet hatte, genau an der Stelle, auf die der Briefträger gedeutet hatte. Sofort, sagte er, drehte er den Umschlag um und suchte den Absender. Es gab keinen, und er bedauerte noch einmal, dass er den Briefträger so schnell hatte ziehen lassen. Sie hätten, sagte er, gemeinsam den Brief prüfen sollen, so wie man im Geschäft einen zu erwerbenden Artikel auf Fehler untersucht, um später keine Zeit mit Reklamationen zu verlieren. Genau genommen ist auch ein Brief eine Ware, sagte er, also sollte man ihn wie eine Ware behandeln. Ein Brief ohne Absender gleiche einem Artikel ohne das Etikett des Herstellers, was sofort zur Vorsicht mahnen müsse, zumal wenn man wie er kein erfahrener Käufer sei, weswegen er es schon oft erlebt habe, dass geschickte Verkäufer ihm Dinge angedreht hätten, die er gar nicht haben wollte oder die jeder kluge Käufer sofort als mangelhafte Ware erkannt hätte. Solche Menschen würden bestimmt keinen Brief ohne Absender entgegennehmen, ihre Unterschrift wäre nicht im Heft für die Einschreibesendungen gelandet. So naiv wie er müsse man sein, sagte Filip, einen unerwünschten Brief anzunehmen, aber dann kam er zu dem Schluss, es sei doch nicht richtig, einfach dazusitzen und zu jammern, er stand also auf, legte den Brief auf den Schreibtisch und begann, im Zimmer hin und her zu gehen. Während er so, sich gezwungenermaßen zwischen den Möbelstücken hindurchschlängelnd, auf und ab spazierte, konnte er allerdings an nichts anderes denken als an diesen Brief, genauer an den Augenblick, als der Briefträger ihm diesen wortlos in die Hand drückte, um sich dann sofort dem Herumwühlen in seiner Tasche zu widmen auf der Suche, sagte Filip, nach dem Heft für die Einschreibesendungen. Und während er, sich zwischen den Möbeln hindurchwindend, auf und ab ging, dachte er ständig an diesen Augenblick, der gewissermaßen der Uraugenblick war, beziehungsweise der gewisse Augenblick, der später die Ursache für alle anderen Augenblicke sein sollte, aber die einzigen Augenblicke, in denen er an etwas anderes dachte, waren die, wenn er am Schreibtisch innehielt, genau dort, wo er vor dem Beginn seines Zimmerspaziergangs den Brief abgelegt hatte. Er spürte eine Flut von Fragen auf sich zurollen, was wohl in dem Brief stecke, wer ihn abgesandt habe und warum ausgerechnet an ihn, wo es auf der Welt Milliarden von Menschen gab, die überglücklich wären über einen Brief und Freudensprünge machen würden, wenn der Briefträger erschiene, die Hand in seine Tasche steckte und einen Brief daraus zöge, der sich natürlich von diesem da unterschiede, der anders frankiert und an jemand anderen adressiert wäre, obwohl man auch sagen könnte, dass es im Grunde ein Brief wie dieser wäre, der da auf seinem Tisch lag. Danach, sagte Filip, kamen ihm zwei Gedanken, erstens, dass er sich schnellstens von überflüssigen Möbelstücken trennen müsse, da der Slalom zwischen den Stühlen, Sesseln, Nachtkästchen und Regalen viel Zeit in Anspruch nahm und einen gewöhnlichen Spaziergang durch das Zimmer zu einer anstrengenden Wanderung machte, welche die durch das Aufundab-Gehen ursprünglich beabsichtigte Entspannung in äußerste Erschöpfung verwandelte. Am Ende war er derart fertig, sagte Filip, dass er gar nicht wahrnahm, dass der zweite Gedanke sich seiner schon bemächtigt hatte, der Gedanke, der bald alle anderen Gedanken verdrängen sollte, ohne ihm die Möglichkeit einer Wahl zu lassen, und der ihn einfach zwang, den Brief aufzuheben, zu öffnen und zu lesen, was darin stand. Etwas musste ja darin geschrieben stehen, sagte er, denn hätte in ihm etwas anderes als ein Stück Papier mit Wörtern gesteckt, zum Beispiel ein Gegenstand, hätte er es gefühlt, als er ihn im Sessel sitzend betastete in der Hoffnung, er könne ihn mit seinen Röntgenfingern lesen, ohne ihn zu öffnen. Hätte er diesen Gedanken zuerst gehabt, sagte Filip, wäre höchstwahrscheinlich nichts passiert, aber da er zuerst an seine Erschöpfung dachte, spürte er, wie sie völlig von ihm

Besitz ergriff, so dass er glaubte, bald keinen Schritt mehr machen zu können, und sich deshalb beeilte, mit der ihm verbleibenden Kraft auf dem Schreibtisch nach dem Brieföffner, diesem Relikt aus einer längst vergangenen Zeit, als alle Welt noch Briefe schrieb, zu suchen, ihn in den Umschlag zu schieben und diesen an der längeren Kante aufzuschlitzen. Sobald er damit fertig war, sank er in sich zusammen, als hätte er in einem Steinbruch gearbeitet, und hätte er nicht neben dem Schreibtisch gestanden, an dem er sich festhalten konnte, wäre er wie ein Sack zu Boden gefallen. Da dachte er, sagte Filip, er müsse mehr trainieren, in ein Fitnessstudio gehen oder zumindest wandern, um eine bessere Kondition zu erlangen, seine Haltung zu korrigieren oder wenigstens seine Muskeln ein wenig zu festigen, aber all das habe bei ihm schließlich nur ein müdes Lächeln hervorgerufen, denn er wusste, dass er nach diesen Übungen noch erschöpfter sein würde als jetzt. Jetzt taten ihm wenigstens die Muskeln und die Sehnen nicht weh, nach solchen Übungen hingegen würden die Schmerzen nicht auszuhalten sein. Und so, sagte Filip, stand er neben dem Schreibtisch und durchlitt Schmerzen, die er gar nicht hatte. Er war dermaßen erschöpft, dass er nicht imstande war, den aufgeschlitzten Umschlag in die Hand zu nehmen und hineinzuschauen. Hätte er gewusst, sagte er, was er darin finden würde, hätte er ihn vielleicht gar nicht angefasst, so aber nahm er, sobald er wieder bei Kräften war, den Umschlag in die Hand, steckte die andere Hand hinein und zog ein gefaltetes Blatt Papier heraus. Das legte er auf den Schreibtisch, spreizte den Umschlag so gut es ging auseinander und spähte hinein. Nichts fand er darin, sagte er, es kam ihm nur, wie immer, wenn er irgendwo hineinspähte, seine Frau, seine Exfrau, in den Sinn, die von Beruf Frauenärztin war und es wahrscheinlich immer noch ist. Er, sagte Filip, könne ja noch verstehen, wenn ein Mann Frauenarzt werden wolle, es sei ihm aber unbegreiflich, dass eine Frau das gerne tue. Seine Frau habe sich natürlich über solche Interpretationsversuche lustig gemacht, die davon ausgingen, dass alles mit bestimmten erotischen Interessen zusammenhänge, und darauf bestanden, dass ihre Tätigkeit eine wie jede andere sei. Die einen, habe seine Frau gesagt, behandelten einen vereiterten Finger oder eine Blinddarmentzündung, der Gynäkologe hingegen Störungen an den weiblichen Reproduktionsorganen, was besage, habe seine Frau gemeint, dass es zwischen einem Finger und einer Scheide, zumindest im Sinne ärztlicher Handlungsweise, keinen Unterschied gebe. Er hingegen, sagte Filip, sehe zwischen einer Scheide und einem Finger einen gewaltigen Unterschied und würde nie das eine mit dem anderen verwechseln. Diese gegensätzlichen Ansichten hätten jedoch nicht im Entferntesten dazu beigetragen, dass sie sich vor einigen Jahren zur Scheidung entschlossen hätten, zu einer friedlichen Scheidung ohne Streit und Hader. Sie habe die Wohnung behalten, sagte Filip, er sei in die Wohnung seiner Eltern zurückgekehrt. Seine Eltern, sagte er, waren da schon lange tot, und er hatte die Wohnung viele Jahre vermietet, deshalb habe er sich dort anfangs seltsam gefühlt: alles war ihm bekannt, vielleicht weil es ihm gleichzeitig unbekannt vorkam; gegenwärtige Augenblicke vermischten sich mit vergangenen, mit Erinnerungen aus der Jugendzeit, und alles entwickelte sich zu imaginären künftigen Augenblicken hin, hin zu einer Zeit, die ihm die verlorene Gelassenheit zurückgeben sollte. Es sei jetzt nicht nötig, sagte Filip, dass er sich in all diesen Details ergehe. Die wahre Kunst sei es – wie immer – zu wissen, wann man haltmachen solle, so wie er im Prozess der Entdeckung dessen, was im Brief steckte, haltgemacht habe, als er das gefaltete Blatt Papier auf den Schreibtisch legte. Er konnte sich diesem Papier nicht sofort widmen, sagte er, weil er zunächst den Gedanken an die Ähnlichkeiten und Unterschiede zwischen einem Finger und einer Scheide loswerden musste; dies war nicht so leicht, wie er gedacht hatte, was gewiss nicht am Finger lag. Erst als sein Verstand wieder zu einer leeren Tafel geworden war, nahm er das Papier in Augenschein. Dann meinte er, es sei besser, sich in den Sessel zu setzen, als er sich jedoch hinsetzte, schien es ihm, es sei bequemer, auf dem gegenüberliegenden Sofa Platz zu nehmen, aber kaum saß er dort, stand er wieder auf und ging zum Fenster, um sich an die Fensterbank zu lehnen, sie war ihm jedoch zu hart, und er dachte ernsthaft daran, sich auf den Boden zu setzen, tat es aber nicht, weil das Zimmer mit Möbeln vollgestellt war und es auf dem Boden keinen Platz gab.

Schließlich kehrte er zum Sessel zurück, fest entschlossen, den Verlockungen jedes anderen Orts zu widerstehen. Aber dann, als er endlich den besten Platz zum Lesen des Briefs gefunden hatte, stellte er fest, dass ihm das gefaltete Blatt Papier aus der Hand geglitten war oder er es verlegt hatte, und dass er sich beim besten Willen nicht erinnern konnte, wohin. Er hätte natürlich, sagte Filip, aufstehen und den ganzen Weg zurückverfolgen können, aber nachdem er so bequem saß, wollte er sich nicht um diesen Genuss bringen. Wenn er schon nicht den Brief lesen konnte, dann halt etwas anderes. Hinter ihm stand ein Bücherregal, er brauchte nur eine leichte Drehung zu machen, den Arm auszustrecken und ein Buch herauszuziehen, was er dann auch tat. Er habe nicht hingesehen, er habe sogar absichtlich die Augen geschlossen und die Fingerspitzen über die Bücher gleiten lassen, bis sie bei einem anhielten. Er nahm das Buch heraus, hob es mit einer etwas ungelenken Bewegung über seinen Kopf und legte es auf seinen Schoß. Erst dann öffnete er die Augen, sagte er, und verblüfft über die zufällige Wahl, die gar nicht so zufällig zu sein schien, spürte er sogleich den Wunsch, sie wieder zu schließen. Nach dem Titel *Über die Schwangerschaft* zu urteilen, gehörte das Buch seiner Exfrau, und er konnte sich nicht erklären, wieso es in seinem Regal stand. Nach der Scheidung hatte sie alle ihre Sachen behalten, insbesondere die Bücher, die sie brauchte, um sich besser auf schwierige Fälle und komplizierte Eingriffe vorzubereiten. In dieser Hinsicht, sagte er, sei sie genauso altmodisch wie er, sie blättere lieber in verstaubten Büchern, als dass sie wie ihre jüngeren Kollegen nach Informationen im Internet suche. Er, sagte Filip, könne ganz gut verstehen, wie es ihr in dieser Hinsicht gehe, da er selbst Bücher liebe, während ihn das Internet, dem er am Anfang zugeneigt war, jetzt abstoße. Es sei zu groß und zumindest für ihn zu einer Quelle der Angst geworden, sagte er, da er sich ihm gegenüber unbedeutend, winzig und, wenn man das so sagen könne, unsichtbar fühle, er traue sich nicht einmal, sich hineinzubegeben, aus Angst, er finde den Weg zurück nicht mehr. Damals hatte er über ein Computerprogramm nachgedacht, in dem man eine Spur hinterlassen könne, so wie Hänsel und Gretel Brotkrümel hinter sich streuten, als sie in den Wald gingen. Er hatte sich lange Gedanken darüber gemacht, bis ihm jemand sagte, dass jeder Nutzer bereits so verfahre, dass die Brotkrümel also gar nicht nötig seien, dass sie sogar das ordentliche Funktionieren der Tastatur gefährdeten, obwohl das die Menschen nicht im Geringsten daran hindere, über der Tastatur Unmengen von ungesundem Knabberzeug zu vertilgen und ganze Seen von Kaffee und Limo in sich hineinzugießen. Wegen alldem, sagte er, hatte er die virtuelle Welt des Internets nie mehr betreten und sogar daran gedacht, seine alte Schreibmaschine wieder hervorzuholen, die seit Jahren in dem Karton steckte, in dem er sie gekauft hatte. Das letzte Mal habe er sie Ende der 80er Jahre zur Inspektion gebracht, sagte er, also zu der Zeit, als die Computer langsam zu Haustieren wurden, und der Meister, ein grau melierter, etwas gebückter Mann, habe geklagt, er werde mangels Aufträgen sein Geschäft schließen müssen. Einst seien alle Regale voller Schreibmaschinen gewesen, sagte der Meister, aber sehen Sie jetzt, sagte er und zeigte darauf. Sie waren wirklich leer, und als der grau melierte Meister seine Schreibmaschine in das Regal stellte, verspürte er, Filip, eine bis dahin nie erlebte Einsamkeit. In dieser Nacht konnte er nicht einschlafen, vor seinen Augen flimmerte ständig seine Schreibmaschine, verloren in der Öde des Geschäfts für Inspektionen und Reparaturen. Er stand auf, bereit, zum Geschäft zu gehen, obwohl draußen Nacht herrschte und niemand mehr im Laden war. Er kehrte ins Bett zurück, sagte er, aber je mehr er sich bemühte einzuschlafen, umso wacher wurde er, so dass er sich schließlich anzog und in die Küche ging, um Kaffee zu kochen. Sobald er das getan hatte, überkam ihn natürlich der Schlaf, er schaltete den Herd aus, kehrte zurück, zog sich aus und legte sich wieder ins Bett. Sein Kopf hing vor Müdigkeit, bis zu dem Augenblick, da er das Kissen berührte, sagte er, aber sobald sein Gesicht das Gewebe des Kopfkissenbezugs spürte, gingen seine Augen auf, und er wusste, dass es sinnlos war, liegen zu bleiben, stand daher auf, zog sich an und ging in die Küche. Dort wiederholte sich das Ganze, er kehrte wieder ins Zimmer zurück, zog sich aus und legte sich hin, aber dann fiel sein Blick auf den Wecker, er sah, es war schon die Stunde, zu der er gewöhnlich aufstand, so zog er sich wieder an und ging in die Küche. Vor lauter An- und Ausziehen war er so müde geworden, dass er nur mit Mühe die Augen offen hielt, tatsächlich, als er den Kopf in seine linke Handfläche legte, schlief er sofort ein, und wer weiß, wie lange er geschlafen hätte, wäre sein Ellbogen nicht weggerutscht und sein Kopf auf die Brust gefallen, gleich über der Schüssel mit den in kalte Milch getauchten Cornflakes. Einen Augenblick lang starrte er auf die eingetauchten Maisflocken, sagte Filip, ohne zu kapieren, was er sah, wie jemand, der nach dem Aufwachen als Erstes einen Milchsee mit unregelmäßigen Auswüchsen sieht, die aus dieser Nähe betrachtet wie Felsen in der Ferne wirken. Da, sagte Filip, kam ihm zum ersten Mal der Gedanke, das sich der Blick aus der nächsten Nähe und der aus der größten Ferne glichen, sowohl was die Unschärfe, als auch was die Möglichkeit verschiedener Deutungen des Gesehenen anbetrifft. Seine Nase zum Beispiel, sagte er, berührte fast die Milch, aber sein infolge des vielen An- und Ausziehens erschöpftes Bewusstsein signalisierte ihm, er befinde sich irgendwo in der Höhe und betrachte von dort aus einen milchig weißen See mit vielen rauen, etwas gelblichen Felsen. Er saß also da und versuchte sich zu erinnern, in welcher Höhe er sich befand, ob in einem Flugzeug oder im Korb eines Ballons, was ihm, obwohl es nur kurz dauerte, derart schlimme Kopfschmerzen verursachte, dass er sich am liebsten ausgezogen und wieder ins Bett gelegt hätte. Das ließ ihn an seine Versuche denken, einen bequemen Platz zum Lesen des

Briefes zu finden, an den häufigen Platzwechsel, der im Grunde sinnlos war, denn der Brief befand sich ja nicht mehr in seinen Händen. In demselben Augenblick, sagte Filip, erblickte er jedoch das zusammengefaltete Blatt Papier auf dem Boden nahe seinem linken Fuß. Er bückte sich und hob es auf. Nur einen Augenblick davor war er überzeugt, an dieser Stelle nichts gesehen zu haben. Wäre er nicht jedem Glauben an übernatürliche Mächte abhold, sagte er, hätte er gedacht, dass ein freches Teufelchen oder, warum nicht, ein unartiges Engelchen mitten am Tag ein Spiel mit ihm trieb. Das genügte, ihn an der Richtigkeit des Briefs zweifeln zu lassen, den er dann mit unverhohlenem Argwohn auseinanderfaltete, überzeugt, dass das gleiche Teufelchen oder Engelchen ihm eine Falle stelle, mit der er nicht fertig würde. Was er dann sah, war jedoch viel mehr als ein Spiel oder eine Falle, das berührte geradezu, sagte er, den Sinn seines Lebens, denn würde es sich als wahr erweisen, verändere es alles, was er von sich wusste, so dass man sagen könne, in diesem Augenblick habe er ein neues Leben zu leben begonnen. Da habe er an mich gedacht, sagte er, und beschlossen, mich aufzusuchen und mir alles zu erzählen, ungeachtet der Tatsache, dass wir beide nicht mehr wüssten, wann wir uns zum letzten Mal gesehen hatten. Als er also endlich das Blatt entfaltete, sah er, dass der Brief drei oder vier Sätze enthielt, von denen einer etwas länger war, während die übrigen ganz schlicht waren, ohne unnötigen Zierrat und unnötige Wiederholungen. Bevor er den Brief las, sagte Filip, warf er, wie es die meisten Menschen tun, einen Blick auf die Unterschrift, und da blieb ihm ohne Übertreibung der Atem weg. Er dachte, er würde in Ohnmacht fallen. Die Unterschrift lautete nämlich: Dein Bruder Robert. Der Brief war mit der Hand geschrieben und der Strich in dem letzten Buchstaben »t« habe sich kalligrafisch über den Namen erhoben und sich mit dem großen Anfangsbuchstaben »D« vereint, wodurch er eine geschlossene, selbstständige Einheit bildete und – so schien es ihm wenigstens – ihm Probleme mit dem Träger dieses Namens ankündigte. Er starrte wer weiß wie lange auf den Namen und fragte sich, ob er überhaupt jemanden mit diesem Namen kenne, obwohl er besser auf das Wort »Bruder« hätte starren und sich fragen sollen, was das für sein Leben bedeute und wieso dieser gerade jetzt auftauche. Eigentlich sträubte er sich gegen diese Fragen, sagte er, weil er Angst hatte, dass die Fragen, einmal gestellt, nie enden würden und er keine Antwort bekommen würde. Er stand auf in der Absicht, im Zimmer auf und ab zu gehen und sich auf diese Weise zu beruhigen, aber der Gedanke, sich an den vielen Möbeln vorbeidrücken zu müssen, hielt ihn davon ab, und er setzte sich wieder. Die ganze Zeit, sagte er, hielt er den Brief in der Hand, ohne zu versuchen, die wenigen darin enthaltenen Sätze zu lesen, als fürchtete er, die Bedeutung des einen langen Satzes würde sich ihm dadurch entziehen, obwohl den Menschen öfter die Bedeutung ganz kurzer Sätze, einschließlich der Ausrufesätze, entgehe, wenngleich diese ja meist aus nur zwei, drei Wörtern bestünden. Einige Male, sagte Filip, sagte er sich verschiedene Ausrufesätze vor, er bot sogar an, sie für mich zu wiederholen, was ich höflich ablehnte, indem ich zuerst mit der Hand abwinkte und danach ihm mit derselben Hand ein Zeichen gab, er solle mit seiner Erzählung fortfahren. Nichts in seinem Leben wies darauf hin, sagte er, dass er einen Bruder habe. Mit keinem Wort, mit keiner Andeutung, auch nicht durch peinliches Schweigen oder durch Räuspern hätten ihm seine Eltern zu verstehen gegeben, dass es irgendwo in der Welt einen Menschen gab, der von sich behaupten konnte, sein Bruder zu sein. Von der Schwester habe er immer gewusst, sagte Filip, und er meine sogar, sie habe in seinem Inneren eine Spur hinterlassen, ein lächelndes Gesicht über ihm, das Worte aussprach, von denen er gar nicht wusste, dass es Worte waren, die er für Lärmbrocken hielt, mit deren Hilfe alle diese über ihn gebeugten Gesichter miteinander kommunizierten, bis er, sagte er, eines Tages ihr Gesicht nicht mehr sah und zum ersten Mal die fast mit der Hand zu greifende Leere verspürte, die jemandes Abwesenheit in uns hinterlässt. Später sollte er erfahren, dass sie Vilma hieß und tödlich verunglückte, als sie auf die Straße lief, er sah auch ihre Fotos in einem alten Familienalbum, aber von Robert habe niemand etwas verlauten lassen, und dessen Gesicht habe sich nie über seines gebeugt, dessen war er sich mehr als sicher, sonst hätte er nie das Buch *Das Leben eines Verlierers* geschrieben, das von Anfang bis Ende auf der Tatsache fuße, dass er sehr früh seine Schwester verloren und so das Leben eines Verlierers begonnen habe in der Überzeugung, keine Geschwister mehr zu besitzen. Jetzt aber, sagte er, bekomme er einen Brief von jemandem, der als sein Bruder Robert zeichne. Wer, sagte er, ist überhaupt dieser Robert? Er wiederholte diese Frage mehrmals, immer lauter, als sei ich taub, so dass ich schließlich den Finger auf die Lippen legte und ihn ermahnte, etwas leiser zu sein. Jetzt sehe es so aus, sagte Filip, als habe er ein falsches Leben gelebt und ein falsches Buch geschrieben, und zwar nicht nur das eine: Fast alles, was er bislang geschrieben habe, gründe auf der Tatsache des frühen Verlustes, auf einer Tatsache, die keine war. Daher sehe es so aus, als sei alles, was er getan habe, ein großer Betrug und sein ganzes Leben Täuschung, Illusion, Lüge gewesen. Er könne natürlich, sagte er, darüber jetzt ein neues Buch schreiben, aber wer würde diesem Buch glauben, wenn schon das vorige eine Lüge war? Niemand, sagte er, nicht einmal er, und wenn er nicht daran glaube, wie könne er es dann schreiben? Mit jedem niedergeschriebenen Buchstaben würde ihn der Gedanke verfolgen, dass er vorher gelogen habe und dass er auch jetzt, während er das neue Buch schreibe – womöglich, ohne es zu wissen –, wieder Lügen präsentiere, genauso wie er, während er *Das Leben eines Verlierers* schrieb, ohne es zu wissen, Lügen präsentiert habe. Deshalb frage er sich, ob jemand lügt, wenn er, ohne es zu wissen, die Unwahrheit sagt, so wie es ihm erging, während er das Buch schrieb, oder ob das Bewusstsein, nicht die Wahrheit zu sagen, die Voraussetzung für die Lüge ist? Wenn das stimme, wenn nur die bewusste Lüge eine Lüge sei, sagte er, wie solle man dann die unbewusst ausgesprochene Unwahrheit nennen, und würde sie später nicht doch als Lüge angesehen, zumal wenn jemand damit konfrontiert wird, dem die wahren Umstände von Anfang an bekannt waren? Diese Fragen, sagte Filip, waren von so großem Gewicht, nicht nur im geistigen, sondern auch im körperlichen Sinne, dass er gleich Kopfschmerzen bekam, es flimmerte ihm vor den Augen, und er war sicher, eine Migräneattacke zu bekommen, beeilte sich deshalb, die Rollläden herunterzulassen und das Zimmer zu verdunkeln, was zur Folge hatte, dass er noch häufiger gegen die Möbel stieß, wie die blauen Flecken bewiesen, die er an Armen und Beinen, besonders an den Schienbeinen und Schenkeln habe. Er schob ein wenig die Hosenbeine hoch und zeigte mir die blauen Flecken und Prellungen. Alle diese Zusammenstöße, sagte er, ereigneten sich beim Gang vom Fenster zum Sessel. Am Ende zeigte sich, dass all dies unnötig war, weil der Kopfschmerz sich nicht zur Migräne auswuchs. Bis dahin quälte ihn schon allein das Warten auf die Attacke, er konnte sich nicht mehr bewegen und sank, unfähig zu denken, in den Sessel. Auch das war natürlich ein Irrtum, sagte er, denn wenn wir überzeugt sind, nicht zu denken, denken wir eigentlich, dass wir nicht denken, was bedeutet, dass wir noch intensiver denken als sonst. Das sei, wie wenn ein dicker Mensch uns vormachen wolle, dünn zu sein, indem er ständig den Bauch und die Wangen einzieht, und dann, wenn er sie bewusst oder unbewusst locker lässt, noch dicker erscheint, als er in Wirklichkeit ist. Der Vergleich hinke etwas, sagte Filip, aber ihm sei kein besserer eingefallen, während er darauf wartete, dass jener schwache Schmerz aufhörte, von dem er unnötigerweise angenommen hatte, er würde stark werden. Noch ein weiteres Beispiel dafür, sagte er, dass man nicht einmal sich selbst immer trauen dürfe. Hätte er sich selbst nicht getraut, wäre er nicht in dieses Halbdunkel geraten, in dem er nichts tun konnte, sondern hätte weiterhin im Tageslicht gestanden und die paar kurzen und den einen langen Satz gelesen, die den Brief seines … Bruders ausmachten. Ob ich gemerkt hätte, fragte er, dass er wie ein Stotterer innehielt, als er das Wort »Bruder« aussprechen wollte? Er habe sich noch nicht daran gewöhnt, einen Bruder zu haben, beziehungsweise vielleicht einen Bruder zu haben, denn bis dahin habe er nur von seiner Schwester gesprochen und jetzt bedrücke ihn das Gefühl, dass er jedes Mal, wenn er das Wort »Bruder« ausspreche, dem Wort »Schwester« etwas wegnehme, dass es dadurch irgendwie dünner, fadenscheiniger, blasser werde, womit er sich gar nicht abfinden könne. Aber genauso wenig könne er nicht umhin, das Wort »Bruder« auszusprechen, weil die Möglichkeit, einen Bruder zu haben, ihn doch in Erregung versetze, was aber keineswegs bedeute, dass er von der Tatsache abrücken wolle, dass er eine Schwester hatte. Auch wenn er es wollte, könnte er nicht davon abrücken, sagte Filip, denn ein Leben, so kurz es auch gewesen sei, könne niemand auslöschen. Deshalb, sagte er, sei er sicher, dass trotz des Wortes »Bruder« mit seiner Schwester nichts geschehen werde und dass die Erinnerung an sie, an jenen Augenblick, als ihr Gesicht sich über ihn beugte, unberührt bleibe. Da habe er zum ersten Mal versucht, den Brief seines Bruders Robert zu lesen, natürlich vergebens, denn die Dunkelheit war tiefer als gedacht, und von den paar kurzen und dem einen langen Satz habe er nicht ein einziges Wort erkennen können. Er musste also aufstehen und die Rollläden hochziehen, aber es graute ihm bei dem Gedanken, sich wieder in das Abenteuer des Durchschlängelns zwischen den Möbelstücken stürzen und die Beine neuen Verletzungen aussetzen zu müssen. Dieser Gedanke zwang ihn eigentlich, sitzen zu bleiben, was in ihm zusätzliche Spannung hervorrief, denn er brannte vom Wunsch, endlich den Brief seines Bruders Robert zu lesen, von dessen Existenz er bis vor kurzem nichts wusste. Er hätte das Licht anknipsen können, aber auf diese einfache Idee sei er gar nicht gekommen, stattdessen dachte er daran, eine Kerze anzuzünden. Während er jetzt davon erzähle, sagte er, könne er kaum glauben, dass er an eine Kerze und nicht an die Lampe dachte, die direkt neben dem Sessel stand, in dem er saß, den Brief seines Bruders in den Händen. Er dachte also an eine Kerze und hätte sie womöglich auch geholt, sagte er, wäre er nicht von diesen schrecklichen Möbeln umgeben gewesen, die sich scheinbar immer näher an ihn herandrängten und ihm die Luft zum Atmen nahmen. Sogleich merkte er, dass er nur schwer atmete, dass seine Lunge immer weniger Sauerstoff bekam, er verspürte einen Schwindel, und vor seinen Augen tanzten helle Funken wie Glühwürmchen in einer Sommernacht. Wenn er nicht bald aufstehe, habe er zu sich selbst gesagt, werde er für immer da bleiben, begraben unter den Möbeln, die sich an ihn heranpirschten wie Raubkatzen an eine Antilope. Vor langer Zeit, sagte Filip, als er noch ein kleiner Junge war, habe er davon geträumt, dass sein Bett ihn lautlos Stück für Stück verschlinge, so wie eine Schlange langsam ihr Opfer hinunterwürgt, indem sie ihr Maul immer weiter ausdehnt, bis es ganz und noch lebendig in ihrem Schlund verschwindet. Als er sich an diesen Traum erinnerte, habe er sich nicht mehr getraut, die Couch anzuschauen. Er war überzeugt, sie schleiche sich hinter seinem Rücken heran und warte nur auf einen günstigen Augenblick, um sich auf ihn zu stürzen und ihn zu verschlingen. Jemand könne denken, er sei verrückt, sagte er, und hörte er sich reden, würde selbst er glauben, dass sich derjenige, der das erzähle, auf dem abschüssigen Weg befinde, der in das Reich des Wahnsinns führt, wobei er sich gleich sagte, der Weg in den Wahnsinn führe nicht immer nach unten, sondern oft nach oben, zu Entzückung und Ekstase, so dass der Wahnsinn sogar eine Art Erleuchtung, Gewinn neuer Kenntnisse sein könne, die man niemandem zu vermitteln vermag. Es sei denn jemandem, der ebenfalls verrückt sei. Er machte eine bedeutungsvolle Pause und sah mich an, ich sagte aber nichts. Da beschloss er, sagte Filip, aufzustehen und die Rollläden hochzuziehen, trotz der Widrigkeiten, die auf dem Weg zum Fenster auf ihn lauerten, aber dann ereignete sich etwas wirklich Sonderbares. Als er nämlich den Gedanken an die Kerze verdrängte, sich dazu entschloss, die Rollläden hochzuziehen, und schließlich aufstand, sah er, dass die Möbel sich vor ihm teilten wie das Rote Meer vor Moses und ihm einen Durchlass zum Fenster öffneten, der breit genug war, um Stöße, neue blauen Flecken und Kratzer zu vermeiden. Er wusste nicht, wie er das verstehen sollte, beschloss daher, gar nicht erst zu versuchen, es zu verstehen. Manchmal sei es am besten, sagte er, zu schweigen und die Dinge so zu akzeptieren, wie sie sind. Das tat er denn auch und begab sich langsam zum Fenster, ohne einen Gedanken an das, was sich ereignet hatte, an dessen Sinn oder Unsinn zu verschwenden, einzig auf das schlichte Vorhaben konzentriert, die Rollläden hochzuziehen und den Brief seines Bruders Robert zu lesen, des Bruders, von dem er bis zu diesem Vormittag nichts wusste und den er jetzt schon bereit war, Bobi zu nennen. Wahrscheinlich würde ich ihm zustimmen, sagte Filip, dass es dazu zu früh sei, und dass in dieser Situation mehr Misstrauen angebracht sei, aber man müsse ihn verstehen. Nach der endlosen Leere, sagte er, die seine Schwester hinterlassen, und die ihn dazu bewogen hatte, *Das Leben eines Verlierers* zu schreiben, erwärmte die Aussicht, einen Bruder zu haben, und sei sie noch so gering, schnell sein Herz, füllte diese Leere, und er sah sich schon, den neu gewonnenen Bruder umarmend und an seinem Kragen schluchzend, wiederholen: Bobi, Bobi, Bobi. Er zog also die Rollläden hoch und kehrte zum Sessel zurück, während der Durchgang sich hinter ihm wieder langsam schloss. Er setzte sich hin und faltete Roberts Brief auseinander. Nach so vielen Vorbereitungen, sagte er, sei es kein Wunder gewesen, dass seine Hände zitterten, wie wenn man ein heiliges Buch aufschlägt, um darin die Antwort auf eine Frage zu finden, die einen seit Jahren plage, beziehungsweise die einen wie ihn, wäre er sich ihrer nur bewusst gewesen, jahrelang beschäftigt hätte. In dem Falle hätte sein Leben zwar einen anderen Verlauf genommen und er hätte ganz gewiss nicht *Das Leben eines Verlierers* geschrieben, er hätte wahrscheinlich nichts geschrieben, sondern die Tage mit ständigem Fragen danach verbracht, warum das passiert, warum sein Bruder nicht bei ihm sei, vor allem nach dem Unfall, der ihn für immer von den Eltern trennte. Selbst wenn er seine Eltern fragen wolle, sei das nicht möglich, er könne es nur an ihrem Grab tun, aber daraus dringe keine Stimme zu ihm, davon habe er sich schon unzählige Male überzeugt, es sei nutzlos, es noch einmal zu versuchen. Er hielt also den Brief näher an die Augen, sagte er, und überließ sich mit Lust seinen kurzen Anfangssätzen, sich im Voraus auf den langen Schlusssatz freuend, den er schon als Beweis der Verwandtschaft, als Bestätigung der Ähnlichkeit sah, denn der Bau eines langen Satzes setze zumindest ein bescheidenes Schreibtalent voraus und verrate eine Neigung zum Lesen, die, sagte er, unerlässlich sei, damit dieses Talent, so klein es auch sei, zum Ausdruck komme. Mein lieber Bruder, stand dort am Anfang, und diese einfachen Worte, sagte Filip, ließen sein Herz so heftig schlagen, dass er ernsthaft daran dachte, aufzustehen und sich einen Kognak einzuschenken. Nichts wirke so beruhigend wie ein guter Kognak, sagte er sich und wollte sich schon erheben, aber dann erinnerte er sich, was beim letzten Mal passierte, als er sich mit einem Kognak beruhigen wollte, und er beschloss, doch sitzen zu bleiben und es mit einfachen Atemübungen zu versuchen, sagte sich dann aber sofort, dass man nicht alle Tage einen Bruder entdecke, von dessen Existenz man nicht wusste, und er sich deshalb doch einen Kognak genehmigen dürfe, bevor er sich würdevoll an die weitere Lektüre von Bobis Sätzen mache. Er sah um sich, sagte er, und begriff, dass die Möbel ihn so dicht umzingelten, dass er es wahrscheinlich nicht schaffen würde, zu der Vitrine mit den Gläsern und den Getränken vorzudringen. In seinem *Leben eines Verlierers,* sagte er, sei, wie ich wisse, an mehreren Stellen von der erwähnten Beruhigung die Rede, was jetzt offenbar unwichtig sei, weil das Auftauchen seines Bruders praktisch das ganze Buch ausradiert habe, angefangen mit dem ersten Satz: »Alles habe ich verloren – Vater, Mutter und Schwester – mein Leben ist nun eine große Leere, ein brachliegendes Feld, über das nicht einmal mehr der Wind fegt.« Jetzt stimme nichts mehr von alldem, sagte Filip, denn Robert sei wie ein Meteor in sein Leben eingedrungen und habe jede Behauptung vom absoluten Verlust zunichtegemacht mit dem Brief, den er so fest in den Händen hielt, als fürchte er, jemand könne ihn ihm wegnehmen. Mein lieber Bruder, stand am Anfang, dieser Brief wird Dich überraschen. Bis jetzt wusstest Du nicht, dass Du einen Bruder hast. Jetzt weißt Du es. Man nennt mich Robert den Argentinier, nicht nur weil ich in Argentinien lebe oder besser gesagt lebte, sondern auch weil ich seinerzeit meine Diplomarbeit mit dem Titel »Jorge Luis Borges, ein argentinischer Dichter« geschrieben habe, die Dich vielleicht interessieren wird und die ich deshalb zu unserem Treffen am Freitag, pünktlich um Mittag, in der Gaststätte »Brioni« in Zemun, mitbringen will. Am Ende stand: Dein Bruder Robert. Mein Bruder Robert, sagte Filip und wiederholte es noch einige Male, als wende er ein süßes Bonbon im Mund hin und her. Nach der Lektüre des Briefes, sagte er, verspürte er eine noch größere Lust auf Kognak, stand auf, bereit, es mit den Möbeln aufzunehmen, setzte sich jedoch gleich wieder hin, weil es keinen noch so schmalen Durchgang zu der Vitrine mit den Getränken und den Gläsern gab. Am schlimmsten war, sagte er, dass er von seinem Platz aus die Kognakflasche in der Vitrine sah und sich somit zusätzlichen Qualen auslieferte. Eigentlich könne man nicht sagen, dass er sich den Qualen auslieferte, denn sie waren eine Folge der Anhäufung von Möbeln, die jede Bewegung zu verhindern schienen und ihn dadurch zu einem langsamen, schrecklichen Sterben an Hunger und

Durst verurteilten. Damit wolle er nicht sagen, sagte er, dass ein schnelles Sterben weniger schrecklich sei, jeder Tod sei schrecklich, daran bestehe kein Zweifel, aber er sei überzeugt, ich teilte seine Behauptung, dass ein schneller Tod doch attraktiver sei als ein langsames Sterben. Kein Tod sei wirklich attraktiv, nicht einmal der natürliche, bei dem man verlösche wie eine Kerze, deren Docht bis zum Ende abbrenne oder ohne Sauerstoff bleibe, sogar dieser Tod, obwohl natürlich genannt, sei überhaupt nicht attraktiv, und er sei überzeugt, sagte er, dass jeder Mensch, vor die Wahl gestellt, sich für ein ewiges Leben entscheiden würde. Er meine dabei nicht, sagte Filip, das Leben im Jenseits, den Messias und die allgemeine Auferstehung, sondern die nicht existierende Möglichkeit, einfach für immer am Leben zu bleiben. Darüber dachte er nach, während die Möbelstücke sich um ihn drängten wie Wölfe um einen Schafpferch, obwohl er mit dem Brief seines Bruders in den Händen an ganz andere Dinge hätte denken sollen, etwa an die Teilung des Erbes, der Wohnung, in der er alleine lebe und die für ihn schon immer zu groß war, des Geldes auf dem Bankkonto, an alle Aspekte der Wirklichkeit, die ins Auge springen, wenn sich etwas ereignet, was, wenn er das so sagen dürfe, an ein Wunder grenzt. Eigentlich, sagte er, hätte er darüber nachdenken sollen, was es überhaupt bedeute, einen Bruder zu haben. In *Das Leben eines Verlierers* habe er ausführlich dargelegt, was es bedeute, eine Schwester zu haben, auch wenn er sie nicht hatte, auch wenn sie nur als Erinnerung in ihm lebte, als ein Gesicht, das sich über ihn beugt, lächelt und verschwindet, um nie wieder zu erscheinen. Der Autofahrer, der sie anfuhr – was mir bekannt sein müsse, denn wir hätten uns schon mal darüber unterhalten, sagte er, und außerdem hätte ich auch sein Buch gelesen –, dieser Autofahrer habe nur eine Bewährungsstrafe bekommen, weil sie an einer falschen Stelle über die Straße lief, und die Tatsache, dass ihn die Sonne blendete, wertete man als mildernden Umstand. Dahinter sei er erst viele Jahre später gekommen, als er in einer Schublade seines Schreibtisches einen Ordner mit Zeitungsausschnitten und den Prozessunterlagen gefunden und dies als eine unverrückbare Tatsache hingenommen habe. Nichts könne ihm übrigens seine Schwester zurückgeben, nicht einmal ein Wunder. Anders verhalte es sich mit seinem Bruder Robert, der ihn wirklich wie durch ein Wunder ausfindig gemacht und ihm den Brief geschickt habe, in dem er das ferne Argentinien und Jorge Luis Borges erwähnte, offensichtlich in Kenntnis seines literarischen Geschmacks sowie der Tatsache, dass er als Schriftsteller, sagte er, früher von Borges' Träumen begeistert gewesen sei. Wie er das in Erfahrung gebracht habe, sagte Filip, sei ihm unbekannt, so wie ihm alles andere unbekannt sei. Vielleicht verberge sich hinter der Geschichte von dem unbekannten und wiedergefundenen Bruder gar kein Geheimnis, sondern die banale Story von einer gescheiterten Ehe oder von einem unerwünschten Kind oder von einer kinderlosen Tante, der man zum Beispiel gegen den Verzicht auf ein Erbteil das Kind zur Adoption überlassen habe, das, wäre es bei seinen Eltern geblieben, nur eine zusätzliche Last in dem ohnehin unsicheren Leben gewesen wäre. All dies, sagte Filip, habe sich Ende der 60er Jahre abgespielt, als Veränderungen in den Machtstrukturen und den ideologischen Postulaten ein Gefühl äußerster Unsicherheit hervorriefen und den Eindruck verstärkten, man lebe in einer aufgewühlten See, als man, sagte er, noch nicht die laue Brise der bevorstehenden Umwälzungen ahnen konnte. Das Chaos in der Regierung habe zum Chaos im alltäglichen Leben geführt, und ein Kind weniger, sagte er, habe in jener turbulenten Zeit die Existenz der ganzen Familie erleichtern können. Vielleicht scheine es mir, sagte er, er presche vor und ergehe sich in Vermutungen, obwohl es besser und wohl logischer wäre, die Begegnung mit dem Bruder abzuwarten und da in aller Ruhe zu erfahren, was er wissen wolle, aber ich müsse ihn verstehen, so etwas passiere nicht jeden Tag, daher sei seine Erregung berechtigt. Es klinge wohl merkwürdig, wenn er das sage, sagte er, aber er fühle sich wie damals, als er sein erstes Rendezvous mit einem Mädchen hatte. Damals zitterten seine Knie, und seine Achselhöhlen sonderten derart viel Schweiß ab, dass er zweimal das Hemd wechseln musste, bevor er das Haus verließ. Er wolle damit nicht sagen, dass er auch diesmal so schwitzen werde, weit gefehlt, jetzt sei er doch erwachsen, er sei der Autor von *Das Leben eines Verlierers* und weiterer Bücher und habe seit langem solche Gefühlsausbrüche unter Kontrolle. Nein, er wolle nur auf ein bestimmtes Bangen hinweisen, das manchen Ereignissen gemein sei, zwischen denen man sonst keine Verbindung herstellen könne. Das größte Mysterium sei jedoch nicht das plötzliche Auftauchen des unbekannten Bruders, sondern dessen Vorschlag, sich im Gasthaus »Brioni« in Zemun zu treffen. In diesem Gasthaus, das zu der fast ausgestorbenen Kategorie der Kneipen gehöre, habe er, sagte Filip, einige Jahre seines Lebens verbracht und sich bis zur Bewusstlosigkeit betrunken. Zigmal habe er sich dort auf der Toilette, unter einem immer einen Spalt offen Fenster erbrochen, weswegen er überzeugt war, eines Tages würden die Abflussrohre verstopfen, das ganze Abwasser würde herausquellen und er darin ersaufen. Er kniete vor der Toilettenschüssel, würgte und stellte sich die Apokalypse vor, sagte er, bis er eines Tages beschloss, mit dem Trinken aufzuhören und mit dem Schreiben von *Das Leben eines Verlierers* anzufangen, was sich als die bestmögliche Therapie erwies. Seit dem Tag also, als er den unumkehrbaren Schluss fasste, dem Alkohol abzuschwören, habe er keinen Fuß mehr in das »Brioni« gesetzt, nicht einmal in die Gartenwirtschaft, die in den Sommermonaten als begehrte Schattenoase geschätzt werde. Wenn man all das bedenke, sagte er, könne er sich nicht erklären, wie Robert, den er doch lieber Bobi nenne, vom »Brioni« wissen könne, von dieser altmodischen Spelunke mit schummriger Beleuchtung und dem Geruch von fetten Speisen, der die Wände, die Tische, die Tischtücher, die

Gläser und die Hemden der Kellner tränke. Robert oder Bobi, das werde allerdings kein großes Problem sein, sagte er, das werde man leicht lösen, viel leichter als manche andere Fragen, die ihn seit dem Augenblick plagten, als er den Brief erblickte, und zwar einen Einschreibebrief, weswegen er, bevor er den Absender sah, seine Unterschrift in großen Buchstaben in das Heft des Briefträgers für Einschreibesendungen leisten musste. Die wichtigste Frage laute, ob zwischen ihnen beiden echte Bruderliebe möglich sei. Könne man zu einem Bruder, der weit entfernt von einem aufwuchs, sofort Bruderliebe empfinden, oder würde man sich zu ihm so verhalten wie zu jeder beliebigen Person, der man irgendwo begegnet, bei der Arbeit oder auf der Straße oder, falls jemand daran Vergnügen findet, beim Kegeln? Seit er begriffen habe, dass dieser Brief von seinem Bruder komme, lasse ihn diese Frage nach der Liebe nicht mehr los. Er sei jedenfalls glücklich trotz der Angst, dass diese Entdeckung Nachteile für seine Karriere bringen könne, weil nun die Gefahr bestehe, dass man in dem Buch *Das Leben eines Verlierers* eine Täuschung sähe, obwohl er zu der Zeit, als er es schrieb, von der Existenz eines Bruders keine Ahnung hatte, sagte Filip. Er könne eigentlich kaum erwarten, ihn zu sehen und alle diese Fragen zu klären, die wie eine Gerölllawine auf ihn herabstürzten und auf ihm lasteten seit der Stunde, als der Briefträger ihm den Brief seines Bruders ausgehändigt hatte. Vielleicht hätte er es doch ablehnen sollen, den Brief entgegenzunehmen, sagte er, so hätte er alle diese Qualen vermieden, von denen er mir erzähle und die er zu klären versuche, obwohl dies seinen Bruder nicht daran hindern würde, weiter nach ihm zu suchen. Lange habe er darüber nachgedacht, sagte er, und sei dann zu dem Schluss gekommen, dass es unfair wäre, derart mit einem Menschen zu verfahren, der extra aus Argentinien anreist, um sich mit ihm im Gasthaus »Brioni« zu treffen, in der Kneipe, wo er einige Jahre seines Lebens vergeudet habe. Was für ein Faden, sagte er, verbindet die Kneipe in Zemun mit jemandem, der in Buenos Aires lebt? Nicht einmal Borges, sagte er, hätte sich das ausdenken können, obwohl man bei Borges vorsichtig sein müsse, da es bei ihm keinen Unterschied zwischen dem Geschriebenen und dem noch zu Schreibenden gebe. Mit anderen Worten, wenn Borges etwas nicht geschrieben habe, konnte man das nicht als eine unwiderlegbare Tatsache ansehen, denn er hätte es unter wer weiß welchem Namen schreiben können, und möge er selber, sagte Filip, noch so eifersüchtig über seine Urheberschaft wachen, so könne es eines Tages doch passieren, dass *Das Leben eines Verlierers* als ein Buch von Borges erscheine, so wie dessen Held allein dadurch zum Autor des *Don Quichotte* wird, dass er den ganzen Roman abschreibt. Er glaube seit langem, sagte er, Borges sei Mitglied der Sekte der Unsterblichen, was bedeute, dass er jetzt irgendwo jede freie Minute nutze, um zu schreiben, und sich in den Abendstunden von begeisterten Jünglingen alte und neue Bücher vorlesen lasse, wie das Alberto Manguel in seinen Erinnerungen an Borges beschrieb. Ihn habe schon immer gewundert, sagte Filip, dass manche Leute zuhören können, wenn jemand vorliest, während er, sobald er sich auf den Rhythmus des Vorlesens einlasse, in Schlaf sinke, dagegen stundenlang selbst lesen könne, ohne zu ermüden. Er könne sich nicht erinnern, ein einziges Mal über einem Buch oder unter ihm eingeschlafen zu sein. Immer, wenn er im Bett lese, müsse er sich selbst den Befehl geben, mit dem Lesen aufzuhören, was ihm gegen den Strich gehe, da er diejenigen beneide, die sich lesend in den Schlaf wiegen und nur auf den Augenblick warten, dass ihre Lider schwer werden, und es gerade noch schaffen, das Buch auf den Nachttisch zu legen. Im selben Augenblick schliefen sie ein, und ihr ruhiger Atem erfülle den Raum wie eine Flut, in seinem Fall aber sei das eher eine Ebbe, denn ihm bleibe dann nichts anderes übrig, als in die Dunkelheit zu starren. Nichts mache einen einsamer, als in einem Raum voller Menschen zu liegen, die in die Welt der Träume eingetaucht seien. Der Schlaf wolle nicht kommen, aber man müsse trotzdem still liegen bleiben, damit man mit seinem Umdrehen niemanden störe. Früher oder später, sagte er, stelle sich dann ein Jucken ein, und man könne dem Bedürfnis, sich zu kratzen, nicht widerstehen. Schon allein wegen dieses Juckens habe er oft gewünscht, beim Lesen einzuschlafen, so wie seine Mutter ihn früher mit einem Lied in den Schlaf gesungen habe, das mit den Worten »Numi, numi« anfing. Er wisse nicht, welche Sprache das war, noch warum seine

Mutter ausgerechnet dieses Wiegenlied sang. Das sei nur eines der vielen Dinge, die zu fragen er versäumt habe. Wenn er gut überlege, sagte er, habe er sie nach fast nichts gefragt, denn wir lebten so, als würden wir ewig leben, und bedächten nicht, dass die Welt eine große Falle ist, die danach trachtet, uns das Leben auf jede erdenkliche Weise zu verkürzen, aber wenn das geschähe, sei es bereits zu spät. Wie viele Treppen gebe es, auf denen man stolpern, wie viele Abhänge, die man hinunterstürzen, wie viele Zebrastreifen, auf denen man überfahren werden könne, von wie vielen Balkons könne einem ein Blumentopf auf den Kopf fallen, wie viele Flugzeuge und Züge könne man besteigen, ohne sie wieder lebend zu verlassen, und das sei nur der Anfang, denn wo bleibe das Feuer, wo das Eis, wo die Flüsse und Meere, die Überschwemmungen und die Hurrikans, wo die Wüsten, die Drahtseilbahnen und die Hängebrücken und wo alles Übrige, was er nicht erwähnt habe? Nichts sei sicher, die ganze Welt scheine nur dazu geschaffen, uns das Leben schwer zu machen, was vielleicht die Folge der Erbsünde und des Rausschmisses aus dem Paradies sei, obwohl er, sagte Filip, nicht an solche Geschichten glaube. Das Paradies existiere übrigens nicht auf diesem Planeten, sondern anderswo, aber ihn habe, sagte er, nie interessiert, wo dieses Anderswo liege. Er wisse nicht, was das mit seinem Bruder zu tun habe, mit Bobi, wie er ihn nennen möchte, obwohl er ihn nie gesehen habe und nicht wisse, wie er aussehe. Er wisse wohlgemerkt auch nicht, ob er sich gern Bobi nennen ließe, vielleicht werde er wollen, dass man ihn mit vollem Namen oder zum Beispiel Robi nenne. Wie auch immer und in Anbetracht der Tatsache, dass der Name und die Person, die den Namen trage, meist zueinander passten, habe er versucht, sagte Filip, sich Robert vorzustellen. Er habe in seiner Phantasie einen hochgewachsenen, hageren Mann mit länglichem Gesicht, schmalen Lippen, etwas abstehenden Ohren, großen Händen und kleinen Füßen gesehen. Er habe sich sogar vorgestellt, wie er an einem Strohhalm knabbere, dann habe er den Strohhalm in Gedanken weggelassen und versucht, an dessen Stelle eine Pfeife zu setzen, dann einen Bleistift, danach einen Zahnstocher, um am Ende alles in den Müll zu werfen und mit, zugegeben, großer Mühe dessen Lippen zu einem Lächeln zu formen. Indes, mit Lächeln oder ohne, Robert habe von allen Restaurants, Gasthäusern und Cafés in Belgrad und Zemun ausgerechnet diese Kneipe ausgesucht, mit der ihn, Filip, schlimmste Erinnerungen verbänden. Könnte man das gelebte Leben mit einem riesengroßen Gummi ausradieren, würde er zuallererst die Jahre auslöschen, die er an den Tischen des »Brioni« vergeudet habe. Genauer, an einem Tisch, sagte er, denn er habe wie alle Trinker seinen Tisch gehabt und nur an diesem Tisch trinken können. Er wisse selbst nicht, wie oft er wegen dieses Tisches Streit vom Zaun gebrochen, wie viele Menschen er gezwungen habe, den Platz zu wechseln oder manchmal verärgert das Lokal zu verlassen, nur um selbst später, vom Suff benebelt, unter diesen

Tisch zu rutschen. Nichts sei schlimmer als der Alkohol, sagte er, so wie er das ehrlich in *Das Leben eines Verlierers* beschrieben habe. Nachdem er sich aus dessen Krallen befreit hatte, ließ er es nicht zu, dass sie ihn wieder packten. Deshalb sei er den Möbelstücken dankbar, die ihn in seinem Zimmer umzingelten und ihm den Zugang zu der Vitrine mit dem Kognak versperrten. Hätte er sich ein Gläschen genehmigt mit der Ausrede, das würde ihn, nachdem er von der Existenz seines Bruders Robert erfahren hatte, beruhigen, hätte er sich garantiert noch ein zweites eingeschenkt, und das zweite sei schon die Ankündigung des dritten, nach dem man zu zählen aufhöre. Aber er sei heute nicht zu mir gekommen, um über das Trinken zu reden, obwohl er Grund dazu hätte, wenn man die Versuchung bedenke, in die ihn der Brief brachte, den er im ersten Augenblick für den Brief eines Unbekannten hielt und der sich später als der Brief seines Bruders herausstellen sollte, er sei vielmehr gekommen, um meine Meinung zu hören über die Möglichkeit, dass dieser Bruder tatsächlich sein verlorener und nun wiedergefundener Bruder sei und nicht ein Betrüger, der nach seinem Vermögen trachte. Er wisse zwar nicht, warum sich ein solcher Betrüger für sein bescheidenes Vermögen interessieren sollte, aber die Menschen seien verschieden und ihre Leidenschaften unvorhersehbar, es habe also keinen Sinn, sich darüber den Kopf zu zerbrechen. Dass ich mich bisher nicht geäußert hätte, sagte Filip, müsse wohl nicht bedeuten, dass ich glaubte, es gehe um jemanden, der nicht sein richtiger Bruder sei, trotzdem hätte er es gern, sagte er, wenn ich ihm dies bestätigte. Ich bestätigte es ihm. Gut, sagte er, dann könne er beruhigt nach Hause gehen und sich auf das Treffen im Gasthaus »Brioni« vorbereiten, wo nebenbei gesagt das Licht so schummrig sei, dass er eine starke Taschenlampe mitzunehmen gedenke für den Fall, dass Robert irgendwelche Fotos mitbrächte. Er habe schon immer den Eindruck gehabt, sagte Filip, dass in dem Album seiner Familie einige Fotos fehlten, dass an einigen Stellen die Chronologie gestört oder völlig verloren gegangen sei, und habe ständig gehofft, dass irgendwelche alten Fotos auftauchten, die die Lücken im Leben der Familie füllen würden. Das gelte natürlich nur, sagte er, wenn man glaube, die Fotos spiegelten wirklich das Leben wider. In jedem Fall werde er ins »Brioni« eine Taschenlampe mitnehmen sowie andere Gegenstände, die er vielleicht benötigen werde: einen Bleistift, einen Radiergummi, einen Notizblock, Mentholbonbons, die Geldbörse und seinen Kamm. Ohne den Kamm, sagte er, gehe er nicht einmal auf den Balkon, geschweige denn ins »Brioni«. Sogar damals, als er in dieser Spelunke sozusagen lebte, wobei er die meiste Zeit auf der Toilette verbrachte, habe er immer den Kamm in seiner Jackentasche gehabt und sich jedes Mal nach dem Erbrechen aufgerichtet und vor dem Spiegel seinen Scheitel gerade gezogen. Er glaubte, dies sei mir bekannt, sagte er, aber nach meinem Gesichtsausdruck zu urteilen, müsse ich jetzt zum ersten Mal vom Kamm in seiner Jackentasche gehört haben, obwohl er überzeugt war, er hätte mir alles, absolut alles über sein Leben erzählt. Schließlich gebe es in seinem Buch *Das Leben eines Verlierers* eine Episode mit dem Kamm, ich könne mich bestimmt daran erinnern, dass er von der Beerdigung des Vaters seines besten Schulfreundes weggegangen sei, weil eine plötzliche Windbö ihm das Haar zerzauste. Obwohl er alle seine Taschen durchsuchte, stehe da weiter, konnte er den Kamm nicht finden, und erschrocken über eine solche Häufung von Verlusten, beschloss er zu gehen. Der Schulfreund habe ihm das nie verziehen, obwohl er, Filip, sich Mühe gegeben habe, ihm zu erklären, warum er das Begräbnis verlassen habe. Wenn dir dein Kamm wichtiger ist als ich, habe sein Schulfreund gesagt, sich umgedreht und sei davongegangen, ohne den Satz zu beenden. Man sollte meinen, nach so vielen Verlusten würde man stabiler, sagte er, aber das sei bei ihm nicht der Fall gewesen. Jeder Verlust bohrte sich wie ein Skalpell in seinen Körper, und sein Herz zog sich zusammen aus Angst vor möglichen Konsequenzen. Ein Verlierer stehe am Ende voller Kerben da wie ein Totem, mit dem Unterschied, dass ein Totem mit jeder Kerbe an Bedeutung gewinne, während der Verlierer mit jeder Kerbe an Bedeutung verliere, immer mehr dahinschwinde. Hätte er nicht dieses Buch geschrieben, das auf wundersame Weise ein Gewinn für ihn wurde, wer weiß, ob er jetzt überhaupt existierte. Er würde bestimmt nicht hier sitzen und über seinen Bruder palavern, der vielleicht gar nicht sein Bruder sei, und von verschiedenen

Varianten des Treffens reden, zu dem es in einer üblen Kneipe kommen solle. Ein vorsichtigerer Mann, sagte er, würde nicht zu diesem Treffen gehen, aber er müsse zugeben, dass er überhaupt nicht vorsichtig sei, was für ihn oft böse Folgen habe. Alles werde natürlich von Roberts Story abhängen, denn er, Filip, habe nicht vor, ihm irgendetwas von sich zu erzählen, zumal er vermute, dass Robert *Das Leben eines Verlierers* gelesen habe und dass er vielleicht gerade, als er bei der Lektüre dieses Buches merkte, dass er, Filip, von seiner, Roberts, Existenz nichts wusste, auf die Idee kam, die Familienbande wiederzubeleben. Andererseits sei Robert offensichtlich dahintergekommen, wer seine richtigen Eltern seien, sagte Filip, und das werde er wahrscheinlich von ihm erfahren, wenn sie sich im »Brioni« träfen, in dem Gasthaus, das eigentlich eine schlechte Wahl sei, nicht nur wegen unschöner Erinnerungen, sondern auch weil man sich dort nicht gut unterhalten könne, außer man ist betrunken. Er jedoch, sagte er, habe nicht die geringste Absicht, während ihrer Unterhaltung etwas anderes zu trinken als Obstsaft oder frisch gepressten Zitronensaft, der in einer solchen Kneipe natürlich nicht angeboten werde, weswegen er die ganze Zeit mit Wollust an kühlen Zitronensaft denken werde, an den Zuckerwirbel im Glas und an die Zitronenkerne, die sich im Zuckerkosmos wie Planeten drehen. Ein wiedergefundener Bruder sei wie ein Bruder, den man bekomme, wenn Vater oder Mutter eine neue Ehe eingehen, er sei ein Teil von einem und doch nicht. Man empfinde ihn nicht als Verwandten, könne ihn sich aber jederzeit als Verwandten vorstellen. Er sei ein Bruder und sei es wiederum nicht, sagte Filip, die ganze Zeit wisse man, dass einen nichts an ihn binde, dass es aber doch etwas Gemeinsames zwischen ihnen gebe, eine Art unbeständige chemische Verbindung, die beim ersten Schütteln in ihre Einzelteile zerfalle. Das sei ganz anders, sagte er, als die Gefühle, die man mit der Zeit zu einem echten Bruder oder zu einer echten Schwester entwickle. Das beginne mit der Erkenntnis, dass man denselben Raum und dieselben Eltern teilt, danach komme die Erwartung, dass er oder sie im Blickfeld von einem auftaucht, dann das Glücksgefühl, wenn man sie neben sich sieht, und schließlich der Augenblick, wenn man sie nachzuahmen beginnt, weil man wie sie sein möchte. Von dem wiedergefundenen Bruder, sagte er, trenne einen, abgesehen von den Dokumenten, gerade die Tatsache, dass man keine gemeinsamen Anfänge habe. Robert könne auch unter ganz anderen familiären Umständen aufgewachsen, als Einzelsohn erzogen worden sein, nicht bereit, mit anderen zu teilen. Er könne auch in einem Waisenhaus untergebracht worden sein, trotz der Tatsache, dass er eigentlich kein Waise war, obwohl er später, als ihre Eltern umkamen, ohne es zu wissen, wirklich Waise wurde. Aber noch immer sei ihm nicht klar, sagte Filip, wie er ihn ausfindig gemacht habe, denn eine Adoption sei doch meistens an die Bedingung geknüpft, nie den Namen der leiblichen Eltern preiszugeben und auch nicht den Namen der Eheleute, die ihn selbstlos wie ein eigenes Kind aufzogen. Er verneige sich vor solchen Leuten, sagte er, die, außerstande, selbst Kinder zu zeugen, ihr Leben einem unbekannten jungen Wesen widmeten, ihm das höchste Maß an Liebe schenkten und nichts von ihm verlangten, aber alles gäben. Dieses selbstlose Geben, sagte er, sei etwas, was er bei sich nicht feststellen könne. Er frage sich, ob das davon komme, dass er so viele Verluste erlitten habe und daher wie einer heranwuchs, der aus Angst vor der Einsamkeit alles für sich beanspruchte und sich weigerte, auch nur die kleinste Kleinigkeit mit einem anderen zu teilen. Der Gedanke allein, dass er darüber im »Brioni« reden solle, mache ihn so nervös, dass er sich blutig kratze, und er denke sogar ernsthaft daran, vor dem Treffen mit Robert ein Beruhigungsmittel einzunehmen, ein so schwaches, dass er den Gesprächsfaden nicht verliert, aber wiederum so starkes, dass seine Gedanken daran gehindert werden, wie besessen zwischen verschiedenen Vermutungen hin und her zu jagen, die, wie er sagte, zu nichts führten. Am besten solle er ruhig dasitzen und hören, was Robert zu sagen habe. Das klinge einfach, sagte Filip, sei aber äußerst schwierig. Ginge es um ein Treffen mit jemandem, den er gut kenne, würde er bestimmt nicht hingehen, aber das Treffen mit dem wiedergefundenen Bruder dürfe er nicht versäumen. Auch nicht verschieben, obwohl er schon daran gedacht habe. Er habe auch daran gedacht, mich zu bitten, zum »Brioni« zu gehen und mich mit Robert zu treffen, den ich ganz bestimmt Bobi oder

Robi nennen dürfte, je nachdem, welchen Kurznamen er bevorzugte. Er habe mich zwar noch nie um solch einen Gefallen gebeten, sagte er, er habe aber auch noch nie einen Brief bekommen, mit dem sich ein ihm bisher unbekannter Bruder meldete. Als er den Brief las, überkam ihn eine außerordentliche Mischung aus Entzückung und Angst, Freude und Misstrauen. Hätte er die Richtung gewusst, wäre er ihm sofort entgegengeeilt, gleich wie viel Zeit es bedurft hätte, zu ihm zu gelangen. Andererseits habe er sich gefragt, ob sein Pass noch gültig sei, weil ihm, nachdem er den Brief gelesen habe, sofort auch der Gedanke kam zu fliehen, so weit die Füße ihn trügen. Aus alldem, sagte er, könne ich ersehen, dass er es nicht leicht habe und dass die Idee, mich an seiner statt hinzuschicken, nicht abwegig war, denn so hätte er sich besser auf das nächste Treffen vorbereiten können. Der Einfall, mich in seine Rolle schlüpfen zu lassen, überraschte ihn möglicherweise mehr als mich, sagte er, und er habe lange gezögert, mir das überhaupt zu sagen. Dann aber begriff er, dass dies die erste Lüge in unserem Verhältnis wäre, dass nach dieser noch Tausende weiterer Lügen kommen könnten, was das Ende bedeutete. Solch ein Ende würde er nicht überleben, sagte er, selbst dann nicht, wenn die Begegnung mit Robert etwas völlig Neues in seinem Leben markierte. Eigentlich fragte er sich in dem Moment, als der Briefträger ihm den Brief aushändigte, genauer in dem Moment, als er ihn öffnete und las, wie sein Leben ausgesehen hätte, wenn alles anders gelaufen wäre, wenn die Familie zusammengeblieben wäre – Vater und Mutter, zwei Brüder und eine Schwester, alle an einem Tisch, alle vor einem Fernseher, eingebettet in Liebe und gegenseitigem Vertrauen. Dann hätte er bestimmt nicht *Das Leben eines Verlierers* geschrieben, dafür aber vielleicht, wer weiß, *Das Leben eines Gewinners*? Vielleicht hätte er auch nichts geschrieben, denn für das künstlerische Schaffen sei Schmerz förderlicher als Zufriedenheit. Der Schmerz breite sich aus, sagte er, die Zufriedenheit hingegen ziehe sich zusammen, und wenn er zu wählen hätte zwischen der Zufriedenheit und dem Schmerz, würde er sich für den Schmerz entscheiden, wie Faulkners Held, der allerdings zwischen dem Schmerz und dem Nichts wählte. Der Schmerz sei immer besser, sagte er, verstummte dann und sah mich an, bis ich nickte. Er würde gerne wissen, sagte er, was Robert über den Schmerz denke, aber, wer weiß, vielleicht werde er nicht dazu kommen, ihn überhaupt etwas zu fragen. Roberts Auftauchen bestätige, dass das Leben unberechenbar und chaotisch sei, deshalb wirke auch das, was er erzähle, chaotisch, obwohl er bemüht sei, sich zu konzentrieren. Er mache zum Beispiel jeden Abend eine Liste der Aufgaben für den nächsten Tag und der dafür nötigen Zeit, komme aber nie dazu, sie planmäßig zu erledigen. Manchmal mache, wenn er ans Ende der Liste gelange, der Unterschied zwischen der Soll- und der Ist-Zeit mehrere Stunden aus, und draußen herrsche schon tiefe Nacht. Dann stehe er vor dem Dilemma, entweder früher schlafen zu gehen, bei

Tagesanbruch aufzustehen und die Aufgaben auf der Liste zu erledigen oder mit der Erledigung der Aufgaben bis zum Morgengrauen weiterzumachen, was bedeute, dass sein Schlaf sich auf nur zwei, drei Stunden reduziere und die Möglichkeit bestehe, zu verschlafen oder den klingelnden Wecker abzustellen, sich auf die andere Seite zu drehen und so zu tun, als wäre alles in bester Ordnung. Natürlich sei nichts in Ordnung, denn je länger er im Bett bleibe, umso geringer seien die Chancen, die für diesen Tag vorgesehenen Aufgaben zu erledigen, was eine Verspätung von mehreren Tagen zur Folge habe, so dass er die Aufgaben vom Mittwoch erst am Freitag erledige, und zwar gelegentlich in einer solchen Hast, dass das Ergebnis nur ein Haufen Fehler sei, weswegen er auf die Listen für die nächsten Tage zusätzliche Aufgaben setzen müsse, bis er begreife, dass er sich um eine Woche verspäte, dass zum Beispiel die Aufgaben für Dienstag eigentlich die Aufgaben seien, die er am Dienstag der vergangenen Woche hätte erledigen sollen. Bald, sagte er, verzwicke sich alles dermaßen, dass er den Überblick verliere, inzwischen schätze er, dass er vier Monate hinter sich selbst herhinke. Das betreffe, sagte er, lediglich einige Verpflichtungen einschließlich derer im Zusammenhang mit dem Manuskript, das ihn endlich von der Last des Ruhmes befreien solle, den er durch die Veröffentlichung von *Das Leben eines Verlierers* erlangt habe, aber wer wisse, sagte Filip, was nach dem Auftauchen seines Bruders daraus werde? Vielleicht werde er dieses Buch, trotz der Arbeit mehrerer Jahre, nie zu Ende schreiben, vielleicht werde er jetzt etwas Neues beginnen, das, man könne es nie wissen, noch besser aufgenommen werde als alles, was er bisher geschrieben habe. Er sehe schon dessen Anfang, getaucht in die triste Atmosphäre der Kneipe, in der sein neu entdeckter Bruder und er in trübem Licht die gemeinsame Welt erforschen und gestalten. Vor Aufregung, sagte er, seien seine Finger steif geworden, und wer weiß, was bis zu dem Treffen noch alles steif werde, aber jetzt wolle er nicht vom Schreiben reden, denn er könne Autoren auf den Tod nicht ausstehen, die ständig vom Schreiben reden, und noch weniger solche, die auch noch über das Schreiben schreiben. Er könne noch lange darüber reden, sagte er, wolle jedoch einen Punkt machen, denn von zu häufigem Gebrauch werde jede Klinge stumpf. Auch meine Geduld könne abstumpfen, sagte Filip, deshalb sei es besser, wenn er sich langsam auf den Heimweg mache, statt meine Geduld und seine Unterhaltungskünste weiter auf die Probe zu stellen. Natürlich würde auch er mir zuhören, wenn ich in der Absicht zu ihm käme, etwas zu erzählen und um Rat zu fragen, aber falls das zu lange dauere, würde er nicht zögern, es mir zu sagen oder wenigstens zu zeigen, so wie auch ich es ihm immer zeige. Jedenfalls, sagte er, sei für ihn der Augenblick gekommen, aufzubrechen und die Vorbereitungen für die Begegnung mit Robert zu treffen, den er gleich Bobi nennen werde, selbst wenn der ihm mitteilen sollte, dass man ihn Robi oder sogar mit einem dritten Namen nenne, allerdings falle ihm nichts Drittes ein, nichts, was der Struktur seines Namens entspräche, und falls der Spitzname nicht vom Namen abgeleitet sei, sei es erst recht unmöglich, ihn zu erraten. Er sei zum Beispiel ängstlich und werde deshalb Hase genannt, aber so könnte man ihn auch nennen, wenn er schnell wäre, ebenso gut könnte man ihn Elefant nennen, wenn er groß und dick, oder Laus, wenn er unzuverlässig und verlogen wäre, vielleicht auch Glocke für den Fall, dass er als kleiner Junge den Klang einer Glocke nachahmte, oder Knödel, weil er schon immer gerne Zwetschgenknödel aß. All dies zeige, sagte Filip, wie viele Schwierigkeiten er überwinden müsse, um Robert näherzukommen, den natürlich die gleiche Arbeit erwarte. Er sei Robert nicht näher als dieser ihm, sagte er, die Entfernung zwischen ihnen beiden sei die gleiche, egal von welcher Seite aus man messe. Wenn ich also nichts mehr zu sagen hätte, sei es für ihn höchste Zeit aufzubrechen, solche Treffen erforderten gründliche Vorbereitungen, selbst wenn sie in einem so heruntergekommenen Gasthaus wie dem »Brioni« stattfänden, das eigentlich eine Kneipe erster Kategorie sei, ein Fünfsternerestaurant für Menschen, die solche Kneipen liebten, in denen es keine steifen Kellner und noch steiferen Gäste gebe, wo man Fusel trinke, Kutteln esse und dünnen Kaffee schlürfe, in dem halb gemahlene Kaffeebohnen schwämmen oder so viel Kaffeesatz in der Tasse bleibe, dass man ständig die Körnchen zwischen den Zähnen suchen und ausspucken müsse. Interessanterweise, sagte er, habe Robert nicht geschrieben, wie sie sich erkennen sollten, als seien sie erst gestern auseinandergegangen und wüssten, wie der andere aussehe, dabei hätten sie keine Vorstellung vom Gesicht des anderen. Er jedenfalls kenne dessen Gesicht nicht, sagte er, Robert möge vielleicht Forschungen betrieben haben, vor allem wenn er etwas von Computern verstehe, denn heute, sagte Filip, könne man alles finden mit Hilfe von Computern und mächtigen Programmen, die die Welt in eine parallele Wirklichkeit verwandelten, noch unwirklicher als die wirkliche Wirklichkeit. Er rede etwas unzusammenhängend, denn er verstehe nur wenig von Computern und der modernen Technik, zum Teil weil er sich nie für Wissenschaft und Technik interessierte, zum Teil weil er schon früh beschloss, den Gebrauch des Computers auf ein Minimum zu reduzieren, so wie er es seinerzeit auch mit dem Fernsehen getan habe. Seine Welt sei das Buch, sagte er, und das genüge ihm vollkommen, was nicht bedeute, dass alle das gleiche Verhältnis zur Technik und zum wissenschaftlichen Fortschritt haben müssten. Robert sei in dieser Hinsicht vielleicht ganz anders und betrachte die Welt durch den Computerbildschirm. Er, sagte Filip, rede und rätsele über all dies, um dahinterzukommen, warum Robert kein Erkennungszeichen vorgeschlagen habe, wie zum Beispiel eine Nelke im Knopfloch oder einen Hut auf dem Kopf. Dabei seien ihm zwei Erklärungen eingefallen, sagte Filip, eine stehe im Zusammenhang mit dem Computer und gehe von der Möglichkeit aus, dass Robert irgendwo sein Foto aufgestöbert habe und jetzt wisse, wie er aussehe, der zweiten, die ihm gerade erst eingefallen sei, liege die Annahme zugrunde, dass sie einander ähnlich seien, so dass bei ihrer Begegnung sich einer im anderen erkennen würde, und dieser Gedanke bringe ihn dazu, sich zu fragen, ob Robert nicht sein Zwillingsbruder sei. Man könne sich leicht die Verzweiflung ihrer Eltern vorstellen, wenn sie statt einen zwei Söhne bekamen, umso eher, wenn das in einer Situation von Armut, Unsicherheit und politischer Ungewissheit geschah. Sie hatten schon eine Tochter, sagte er, und ein Sohn dazu genügte ihnen völlig, deshalb gaben sie den zweiten zur Adoption frei und überließen den Adoptiveltern die Wahl des Kindes, denn sie selbst, ihre Eltern, sagte er, brachten es nicht übers Herz, diese Entscheidung zu treffen. Er könne sich die Frau vorstellen, sagte Filip, wie sie sich über Robert und ihn neigt und die Arme mal zu dem einen, mal zu dem anderen ausstreckt, während ihr Mann immer nervöser wird und sie schließlich fast drängt, sich für Robert zu entscheiden, der damals natürlich nicht Robert hieß, obwohl sie gerade dabei war, Filip zu nehmen, der vielleicht damals schon so hieß. Ich solle nicht denken, sagte er, dass er Robert oder dem Mann, der Roberts Vater werden sollte, etwas übel nehme, das Schicksal habe das Seine getan, und nun sei nichts mehr zu ändern. Das sehe man auch daran, sagte er, dass er, falls er ein Buch über das Treffen mit dem wiedergefundenen Bruder schreiben sollte, daran gedacht habe, ihm den schon erwähnten Titel *Das*

Leben eines Gewinners zu geben, was ausreichend zeige, sagte er, wie froh er über Roberts Eindringen in sein Leben sei. Eindringen sei das richtige Wort für das, was geschah. Plötzlich sei sein Leben nicht mehr seines, plötzlich lebe er ein neues Leben, in dem er einen Bruder habe, ein Leben, das nicht nur seine Zukunft, sondern auch seine gesamte Vergangenheit verändere, denn die Tatsache, dass er in der Vergangenheit von ihm nicht gewusst habe, ändere nichts an der Tatsache, dass sein Bruder existierte. Man könne sagen, sagte er, dass diese beiden parallelen Wirklichkeiten jetzt zu einer Wirklichkeit geworden seien, was natürlich nicht für die Vergangenheit gelte, da die Vergangenheit unveränderlich sei, so wie wir einen Apfel, den wir nicht angebissen haben, nicht noch nachträglich anbeißen können. Würden wir ihn, sagte er, unangebissen ins Gras werfen, wo Wespen und Vögel über ihn herfielen, und kämen wir zwei, drei Stunden später reumütig zurück, so fänden wir ihn nicht mehr unangetastet vor. Er wolle damit sagen, sagte Filip, dass Robert sein Bruder gewesen sei, auch als er, Filip, davon nicht wusste und dass es nach allem zu urteilen eine Zeit gab, in der Robert wusste, dass er einen Bruder hatte, während er, Filip, keine Ahnung von dessen Existenz hatte. Interessant seien diese parallelen Wirklichkeiten, sagte er, obwohl sie oft zu sprachlichen Kalauern führten, die nur das Fehlen von Sinn verschleierten, was man vom größten Teil der Sprache sowieso sagen könne. Er wolle nicht behaupten, sagte er, dass die Sprache keinen Sinn habe, sondern dass sie äußerst leicht in den Bereich des Unsinns abrutschen könne und dass wir, während wir glauben, etwas zu sagen, eigentlich nichts sagen. Hätte ihm jemand vor nur einer Woche gesagt, er habe einen Bruder und vielleicht sogar einen Zwillingsbruder, hätte er diese Behauptung in den Bereich des Unsinns verwiesen, während er das heute natürlich anders sehe und vor Freude erzittere, so wie ihm jetzt immer noch die Waden etwas zitterten, nur könne ich das nicht sehen, sagte er, weil die Hosenbeine sie verdeckten. Würde er jetzt aufstehen, könnte er sich nicht auf den Beinen halten. Er würde wie von einer Kugel getroffen vor mir zu Boden stürzen, sagte er, und während er so vor meinen Füßen läge, würden die seinen weiterhin zucken wie die eines Huhns, dem man den Kopf abgehackt habe. Er habe sich natürlich, sagte er, nicht mit durchgeschnittener Kehle vorgestellt, denn seine Füße, beziehungsweise Waden, zuckten aus einem völlig anderen Grund. Während man bei dem Huhn sagen könne, das Zittern sei die Folge eines Unglücks, sei sein Zittern die Folge von Glück, und ich würde ihm bestimmt beipflichten, sagte er, dass man zwischen Glück und Unglück kein Gleichheitszeichen setzen könne, obwohl manche Menschen behaupteten, das eine gehe aus dem anderen hervor wie in einer Kreisbewegung. Um daran zu glauben, sagte er, müsse man vor allem an den Kreis glauben, aber er, sagte Filip, gebe bekanntlich der Spirale den Vorzug. Schon immer habe ihn die Spirale am Korkenzieher fasziniert, sagte er, oft habe er sich bei verschiedenen Feiern und

Zusammenkünften angeboten, Weinflaschen zu öffnen, nur um beobachten zu können, wie die Metallspirale in den Korken eindringt, sich darin festhakt, als solle sie nie mehr herauskommen. Dabei komme sie sofort wieder heraus, sagte er, und fördere zugleich den Korken zutage wie einen errungenen Preis. Wir hätten uns weit von dem Gespräch über seinen Bruder Robert entfernt, sagte er, der womöglich sein Zwillingsbruder sei und mit dem er sich im Restaurant »Brioni« treffen werde, wo so spärliches Licht auf die Tische falle, dass er seine Gesichtszüge nicht klar werde sehen können. Er müsse daran denken, sagte er, sich mit ihm an einen Tisch am großen Fenster zu setzen, denn da falle das Licht von der Straße herein, das seinen müden Augen guttun werde. Er müsse unbedingt daran denken, vor allem damit er die Ähnlichkeiten in seinen Gesichtszügen prüfen könne, sowie einige Eigenschaften, die er als familiär einschätze, wenn auch er selbst nicht lange genug mit den Eltern zusammengelebt habe, von der Schwester ganz zu schweigen, sagte er, aber dank dem langen Studium der Fotos, die er im Familienalbum aufbewahre, habe er feststellen können, was ihnen allen, in erster Linie ihm und seiner Schwester, gemein sei, und danach wolle er nun in Roberts Gesicht forschen. Er müsse zugeben, sagte er, dass er sich so sehr nach einem Bruder, selbst wenn er kein Zwillingsbruder sein sollte, sehne, dass er befürchte, er würde, falls keine Ähnlichkeiten auszumachen seien, die Augen vor den Unterschieden verschließen und sich vormachen, das sei doch sein

Bruder. Er müsse sich vornehmen, nicht zu lügen, sonst erwarte ihn eine drastische Strafe. Er wolle mir nicht sagen, um welche Strafe es sich handele, sie sei jedoch schlimm genug, eigentlich so schlimm, dass sie ihm den Schweiß auf die Stirn treibe. Übrigens, sagte er, wenn er löge, würde er eine seiner schönsten Erinnerungen verraten, nämlich den Augenblick, als seine Schwester sich über ihn neigte, den Zeigefinger hin und her bewegte und sagte: »Man darf nicht lügen.« Er wisse nicht, worauf sich ihr Vorwurf bezog, wer log und warum, sagte er, aber das sei auch gar nicht wichtig, wichtiger sei, dass ihre Worte und diese Bewegung ihres Zeigefingers zu einem eigentümlichen Rat und zu einer Warnung wurden, die er bis heute respektiere, sagte er, und er habe nicht die Absicht, daran etwas zu ändern. Aber was, wenn Robert lüge, wolle ich bestimmt gern wissen, sagte er und fuhr sich, ohne meine Bestätigung abzuwarten, mit dem Zeigefinger über die Kehle. Nicht wirklich, sagte er, nie würde er jemanden abschlachten und am wenigsten einen, der sich für einen anderen ausgebe, aber symbolisch gesehen würde Roberts Lüge dessen Ende bedeuten. Es falle ihm allerdings schwer, sich diese Version vorzustellen, weil er sich nicht ausdenken könne, warum sich jemand, der es nicht sei, als sein Bruder ausgeben solle. Schließlich verfüge er über keine großen Ersparnisse auf der Bank, besitze keine Immobilien, abgesehen von der Wohnung, in der er lebe mitten in einem Haufen wild gewordener Möbel, die immer bereit seien, ihm das Leben schwer zu machen, und das sei mehr oder weniger alles, man würde vielleicht noch die eine oder andere Kleinigkeit finden, einen silbernen Gegenstand, aber daran könne sich niemand bereichern. Hätte er Zeit gehabt, hätte er den ganzen Krempel längst weggeschmissen, weil er es leid sei, Sklave nutzloser Gegenstände zu sein und Luft voller Flusen zu atmen, voller Holzmehl aus wurmstichigen Stühlen und Tischen und schwer vom Staub, den er schon längst nicht mehr wische. Er würde jetzt nicht so viel davon reden, sagte er, wenn ich einmal bei ihm vorbeigekommen wäre, aber ich hätte ja immer, sagte er, eine Ausrede parat, immer tauche ein unüberwindbares Hindernis auf, weswegen er sich jetzt gezwungen sehe, zu beschreiben und in Details zu gehen, ohne die seine Geschichte keinen Sinn habe, obwohl sich alles in ihm dagegen sträube, da er als Schriftsteller nicht viel von Beschreibungen halte. Dies könne das Fernsehen besser und erst recht der Film, weswegen er schmucklose Prosa schreibe, die sich nicht auf visuelle Eindrücke stütze, sondern sich aus dem Klang der Wörter, der einzelnen Wörter und solcher, die zu Sätzen zusammengefügt sind, herleite. Robert hingegen werde er mir beschreiben, sobald er ihn gesehen habe. Das sei übrigens etwas anderes, das gehöre zum Bereich des Herzens, da hätten weder Beschreibungen noch Worte eine Bedeutung. Das Herz werde ihm alles sagen, sagte er, davon sei er fest überzeugt. Während er auf der Suche nach dem eigenen das Gesicht Roberts studiere, werde ihm das Herz das Ergebnis mitteilen. Ja, werde sein

Herz sagen, das ist dein Bruder, oder es werde kurz aufhören zu schlagen, um ihn auf die schlechte Nachricht vorzubereiten, und sagen: »Nein, das ist nicht dein Bruder.« Wenn es dazu kommen sollte und er dann nicht in Ohnmacht fiele, werde er Roberts Tirade gelassen unterbrechen, ihm sagen, das alles reiche nicht aus, er solle sofort verschwinden, sonst werde er den ganzen Fall der Polizei übergeben, die schon auf dem Weg ins »Brioni« sei. Er werde natürlich nicht die Polizei rufen, sagte Filip, das solle nur eine Finte sein, die hoffentlich genüge, um Robert, der dann nicht mehr Robert, sondern Gott weiß wie heiße, dazu zu bringen, mit ruhigen, langsamen Schritten das »Brioni« zu verlassen, als trete er aus einem Luxushotel und nicht aus einer Spelunke, in der sich auch an diesem Tag jemand betrinkt, die Toilettenschüssel umarmt und sich stöhnend darin erbricht. Er hoffe aufrichtig, sagte Filip, dass dies nicht geschehe, dass Robert der echte Robert, genannt Robi oder Bobi, sein werde und dass nach einem etwas peinlichen Anfang, nach einigem Scheuen, Zögern und Stottern zwischen ihnen beiden etwas in Gang komme, das zwischen allen Geschwistern fließe, jenes namenlose Fluidum, das sprachlose Kommunikation und uneingeschränktes Verstehen möglich mache. Es habe aber keinen Sinn, weiter zu mutmaßen, sagte Filip, er werde mir ohnehin nach dem Treffen mit Robert alles berichten. Er glaube, sagte er, dass ich seine Aufregung verstehe, seine Begeisterung und seinen Wunsch, alles bis in die Einzelheiten mit mir zu teilen, da er niemanden habe, dem er sich anvertrauen und von dem er, was viel wichtiger sei, Unterstützung und Verständnis erwarten könne, die ein Mensch, der wie er alleine auf dieser Welt sei, bitter nötig habe. Er klage aber nicht über seine Lage, sagte er, ohne sie hätte es doch nicht sein erstes Buch *Das Leben eines Verlierers* gegeben, und ohne dieses Buch gäbe es die anderen Bücher nicht, die er danach geschrieben habe. Alles hänge, wie man wisse, voneinander ab, sagte er, schließlich könne die ganze Welt untergehen, wenn jemand irgendwo im falschen Augenblick mit der Wimper zucke, und so stehe sein tatsächlicher Verlust in Zusammenhang mit seinem späteren literarischen Gewinn. Damit wolle er nicht sagen, sagte er, dass nichts geschehen wäre, wenn nicht jenes geschehen wäre, was geschehen sei, denn allen sei es klar, dass immer etwas geschehe, aber unser Weltall habe eigene Dimensionen und Gesetze, denen wir, sosehr wir uns auch bemühten, nie entkommen könnten. Er könne noch lange davon reden, sagte Filip, er wolle jedoch nicht übertreiben und glaube, es sei für ihn tatsächlich an der Zeit aufzustehen, Abschied zu nehmen und seiner Wege zu gehen. Er habe diesen Satz als einen Fragesatz intoniert, sagte er, obwohl es eigentlich ein Aussagesatz sei, und falls ich an dessen Ende ein Fragezeichen herausgehört hätte, sagte er, bräuchte ich darauf nicht zu antworten. Er wäre schon längst aufgestanden, sagte Filip, verspüre er nicht eine gewisse Schwäche, die wahrscheinlich vom zu langen Sitzen herrühre. Wenn er aufstehe, sagte er, könne es passieren, dass er stolpere und sich verletze, und dies dürfe er doch kurz vor dem Treffen mit Robert nicht riskieren. Es wäre schrecklich, wenn ihm etwas zustieße und er, sagte er, nicht zum Treffen mit Robert gehen könne, der eine so weite Reise auf sich genommen habe, um ihn zu sehen. Robert würde dann verzweifelt im »Brioni«, dieser übelsten aller Kneipen, sitzen, bei fahlem Licht, das ohnehin deprimierend sei und, während er vergebens warte und jeden Augenblick auf die Uhr schaue, noch deprimierender wirke, er würde sich alle Möglichkeiten ausmalen, bis sein Kopf, müde und schwer, herabsinke und seine Stirn das fettige Tischtuch berühre. Er lasse mich jedoch, sagte er, nicht gern, mit einem so düsteren Bild zurück, für das es übrigens keine Rechtfertigung gebe, denn warum solle Robert depressiv sein, warum solle er von allen möglichen Stimmungen gerade diese wählen und sich an ein Bild hängen, das nicht nur Depression, sondern auch Trunkenheit assoziiere, wobei nichts, sagte Filip, darauf hindeute, dass er dem Alkohol zuspreche, das sei also nur ein Produkt seiner Phantasie, gewissermaßen eine Projektion seiner eigenen Lebenserfahrung auf jemanden, der vielleicht sein Bruder sei. Dahinter verberge sich der Wunsch, sagte er, es möge sich bestätigen, dass sie beide wirklich blutsverwandt seien, dies wäre ein Vorbote der Bestätigung, die sich aus einer Blutprobe oder aus einem Vergleich des Zellbaus oder aus sonst was, womit man eine nahe Verwandtschaft feststelle, ergeben würde. Er habe daran gedacht, sagte Filip, wie schön es wäre, mehrere Geschwister zu haben, so wie es früher in jeder Familie üblich gewesen sei. Die Eltern unserer Eltern, sagte Filip, hatten mehrere Geschwister, und während der Mahlzeiten herrschten am Tisch Fröhlichkeit und lebhaftes Treiben. Immer habe jemand gelacht, sagte er, nicht wie jetzt, da die Familien so klein seien, dass man das Mittagessen auf einem Stuhl servieren könnte und es immer noch Platz gäbe für eine Salatschüssel und eine Flasche mit Essig. Natürlich auch für einen Salzstreuer, fügte er hinzu und reckte ein Bein. Noch immer spüre er die Schwäche, sagte er, aber jetzt werde er sich bestimmt auf den Beinen halten können, ohne Angst, dass sie ihn im Stich ließen, was zu einem gefährlichen Sturz führen könne, vor allem bei den vielen Tischen im »Brioni«, deren scharfe Kanten im spärlichen Licht unheilverkündend glänzten. Es sei höchste Zeit, dass er anfange, sich auf das Treffen mit seinem Bruder vorzubereiten, von dem er bis vor kurzem nichts wusste, weswegen ihm jetzt scheine, er habe sein Leben lang eine Leere mit sich herumgeschleppt, von der er ebenfalls nichts wusste, was zu ständigem Druck und Müdigkeit führte. Nichts sei schlimmer als die Leere, sagte Filip und stand auf. Gleich darauf setzte er sich wieder. Ihm sei so schwindlig, sagte er, dass er sich wieder setzen müsse, aber keine Sorge, das sei nichts Dramatisches, vielleicht komme das nur vom Hunger oder von der Aufregung wegen der bevorstehenden Begegnung mit dem Bruder, manchmal führten flatternde Nerven zum Schwindel, und seine Nerven flatterten in der Tat so sehr, dass er sie heute

Morgen, nachdem er wach geworden sei, gehört habe, als schlüge ein Schmetterling mit den Flügeln. Er habe im Bett liegend auf seine Nerven gelauscht und versucht, sich diesen Schmetterling vorzustellen. Der einzige Schmetterling, der ihm eingefallen sei, sei der Schwalbenschwanz gewesen, und er habe sich selbst als einen riesigen Schwalbenschwanz gesehen, dessen Nerven flatterten, als sollten sie nie zur Ruhe kommen. Und nun, sagte er und stand trotz des Schwindels und des Traums auf, werde er sich dorthin begeben, wo er schon längst sein sollte und wo er sich gewissermaßen bereits befinde, nicht etwa im »Brioni«, sondern in seiner Wohnung, wo er die letzten Vorbereitungen für die Begegnung mit Robert treffen müsse, den man bestimmt Robi oder Bobi nenne, außer man sage Bert zu ihm, woran er zweifele und was er auch nicht glauben würde, selbst wenn er es erführe. Hauptsache, sagte er, er komme, er erscheine im »Brioni«, dieser übelsten aller Kneipen, egal wie er sich selbst nenne, Robi oder Bobi, Robert oder Bert, ein Name sei letzten Endes nur ein Name, mehr nicht. Jetzt interessiere ihn nur, ob der tatsächlich sein Bruder sei oder ob es sich um jemandes Spiel handele, um etwas, was ihm nach seiner tiefsten Überzeugung klar würde, sobald er Robert erblicke, denn das Herz lüge nicht, es werde ihm sofort in seiner Dumm-Dumm-Sprache mitteilen, wer da vor ihm stehe, sein Bruder oder ein Betrüger. Wenn das Herz ihm sagen sollte: »Das ist er, dein Bruder«, werde er ihn umarmen, ihn fest an sich drücken, so wie man das mit Geschwistern und manchmal auch mit anderen Verwandten tue, aber wenn das Herz schwiege, würde er ihm nicht einmal die Hand geben und würde, falls er einen Polizisten erblickte, nicht zögern, diesen herbeizurufen. Jetzt aber, sagte er und machte den ersten Schritt, jetzt müsse er wirklich gehen. Und er ging.

II.

Um es gleich zu sagen, sagte Filip, er habe keine Entschuldigung dafür, dass er nicht sofort zu mir gekommen sei, egal welche Gründe ihn nach der Begegnung mit seinem Bruder gezwungen hätten, nach Hause zu gehen. Kurzum, das Treffen mit seinem Bruder sei zum großen Teil genau so verlaufen, wie er es vermutet hatte, aber auch so, wie er es sich überhaupt nicht habe vorstellen können. Er sehe, dass sich meine Stirn in Falten lege, sagte er, aber eine andere Erklärung habe er nicht für das, was geschehen sei, er vermute sogar, dass er gerade wegen dieser Ambivalenz mehrere Tage ohne jeden Kontakt krank in seiner Wohnung lag, aufgestört nur von einer Erste-Hilfe-Mannschaft, die durch sein wirres Reden alarmiert worden war. Er hatte so hohes Fieber, sagte er, dass die Sanitäter schleunigst die Badewanne mit kaltem Wasser füllten, ihn samt Schlafanzug hineinsteckten und dann seine ganze Wäsche durchwühlten auf der Suche nach einem frischen Schlafanzug, den sie schließlich in dem Teil des Schranks fanden, wo er die Bettwäsche aufbewahre. Das sehe er zum ersten Mal, habe der Sanitäter zu ihm gesagt, dass jemand die Schlafanzüge bei der Bettwäsche aufbewahrt, als sei dies, sagte Filip, nicht der natürlichste Platz dafür. Wenn man das Bett neu beziehe, sagte er, wechsele man doch auch den Schlafanzug, das sei wohl jedem klar außer diesem Sanitäter, der die ganze Zeit meckerte, weswegen, nachdem sie weg waren, das Fieber wieder stieg, nur rief er dann nicht mehr die Erste Hilfe, sondern ging ins Bad, ließ kaltes Wasser in die Badewanne und legte sich hinein. Er merkte, wie die Hitze seinen Körper verließ und das Wasser immer wärmer wurde, er meinte, er sei sogar eingenickt, denn als er die Augen wieder öffnete, spürte er eine große Kälte, die, so dachte er, nur vom Tod herrühren könne. Ihm wurde klar, dass er es nicht allein aus der Badewanne herausschaffen würde, weil das Wasser ihn nach unten drückte. Mit Mühe und Not gelang es ihm, ein Bein über den Wannenrand zu hieven und sich auf die Badematte hinunterrollen zu lassen. Eine ganze Weile, sagte er, blieb er so liegen und sammelte seine Kräfte, wobei er ständig an zwei Dinge dachte: zunächst an das, was sich zwischen ihm und seinem Bruder im »Brioni« abgespielt hatte, worüber er mir noch berichten werde, und dann daran, dass er es danach versäumt hatte, sich sofort bei mir zu melden. Als er wieder zu Kräften kam, zwang er sich, aufzustehen, sich anzuziehen, zu rasieren und etwas zu essen, obwohl vom langen Liegen im Wasser seine Haut ganz verschrumpelt war. Beim Ankleiden, sagte er, hatte er den Eindruck, die Kleider hingen an ihm wie an einer Vogelscheuche, denn er hatte während dieser Tage stark abgenommen. Er musste sogar ein neues Loch in seinen Gürtel machen, aber zum Glück, sagte er, habe er jetzt wieder Appetit, so habe er zum Beispiel an diesem Morgen zum Frühstück Rührei aus vier Eiern gegessen und nicht nur das Rührei, alles Mögliche habe er heute verdrückt, aber, sagte er und schlug plötzlich die Hände zusammen, all dies, die ganze Geschichte über die Zeit und die Verspätung könne warten, am wichtigsten sei es, dass er sich wieder erholt habe und zu mir geeilt sei. Sobald er sich wieder stabil fühlte, als seine Waden nicht mehr zitterten und die Knie nicht mehr wackelten, beeilte er sich, zu mir zu kommen, aber jetzt, wo er da sei, könne er seine Gedanken nicht ordnen und strapaziere stattdessen meine und seine Zeit mit völlig unnötigen Schilderungen wie der vom hohen Fieber, weswegen er die Erste Hilfe habe rufen und sich dann von dem Krankenpfleger habe erniedrigen lassen müssen, der auf der Suche nach einem frischen Schlafanzug seine Schränke durchwühlte. Hätte dieser ihm gesagt, wonach er suchte, sagte Filip, hätte er ihm gleich alles erklärt, aber der Mann war ohne zu fragen ins Zimmer gegangen und so lange dort geblieben, dass der andere Sanitäter ihm folgte, die beiden wühlten lange in den Schränken, bis sie den Schlafanzug endlich fanden und ihn mit einem solch triumphierenden Lächeln ins Bad brachten, als sei ihnen soeben ein seltenes Tier in die Falle gegangen. Sie zogen ihn um und klopften ihm auf die Schulter, dabei fiel er beinahe in Ohnmacht, als er die Unordnung in den Schränken sah. Das war für ihn ein fürchterlicher Schock, sagte er, und er wundere sich, dass er jetzt überhaupt reden könne.

Eigentlich war alles, was ihm da passierte, eine einzige Serie von Schocks. Auch was ihm, während es geschah, nicht als Schock vorkam, sagte er, stellte sich später doch als etwas heraus, das Schockierendes in sich barg, als seien es Schocks mit Spätzündung gewesen, die ganz unerwartet wie echte Höllenmaschinen explodierten. Auch das hohe Fieber, weswegen er die Erste Hilfe rufen musste, sei eine Folge des Schocks der Begegnung mit seinem Bruder sowie des Schocks, der durch all jene Vorbereitungen zur Vermeidung von Schocks ausgelöst wurde, die ihm aber bei aller Mühe doch nicht gelang, und ich sei sein Zeuge, sagte er, dass er sich nach Kräften bemüht habe. Hätte er sich nicht derart bemüht, hätte er sich stattdessen einfach entspannt und fallengelassen, sagte er, wäre der Schock vielleicht nicht so stark gewesen, und zwar nicht nur dieser, sondern auch alle anderen Schocks. Manchmal sind wir uns selbst der ärgste Feind, sagte er, und während wir meinen, im eigenen Interesse zu handeln, handeln wir gerade gegen uns. Statt uns aufzubauen, untergraben wir uns, statt fester werden unsere Fundamente immer instabiler, am Ende fallen wir in uns zusammen, als hätte es uns nie gegeben. Das lasse ihn jetzt, sagte er, an das denken, was er dachte, als er etwa zwanzig Minuten vor der verabredeten Zeit ins »Brioni« kam. Er war vor der Zeit dorthin gegangen, um einen günstigen Platz zu finden, einen Tisch und einen Stuhl, von wo aus er den Eingang des »Brioni« im Blick hatte, um Robert als Erster zu sehen und die umgekehrte Situation zu vermeiden, dass

Robert schon am Tisch sitzt, während er das »Brioni« betritt. Nichts sei ihm unangenehmer, als in ein Gasthaus zu kommen und sich zu einem Tisch zu begeben, an dem jemand auf ihn warte, während aller Augen auf ihn gerichtet seien, ihn musterten, beurteilten, sich fragten, warum er gekommen sei und warum er sich gerade mit diesem Menschen treffe, mit dem er sich gerade treffe. Deshalb hatte er beschlossen, etwa zwanzig Minuten früher zu kommen und dadurch den Druck des Wartens wenigstens etwas zu verringern, jene Nervosität, wegen der er von Zeit zu Zeit wie Espenlaub erzittere und von der auch bestimmt das hohe Fieber kam, von dem er mir schon berichtete. Ein weiterer Grund für sein zu frühes Hingehen war der Wunsch, wegen der schlechten Beleuchtung, an die er sich noch aus den Tagen und Nächten erinnerte, die er einst im »Brioni« verbrachte, einen möglichst gut beleuchteten Tisch zu ergattern für den Fall, dass man etwas lesen, anschauen oder aufschreiben wolle. Wenn er schon vorhatte, verschiedene Fotos und Dokumente mitzubringen, sagte er, war doch das Gleiche auch von Robert zu erwarten. Solche Begegnungen, wenigstens die, über die er in Zeitungen gelesen oder die er im Fernsehen gesehen habe, bestünden meist aus dem Anschauen von Fotos, die gewissermaßen als Gedankenstütze dienten für alles, was sich in den getrennten Biographien unwiderrufbar ereignet habe, denn alle diese Fotos seien schließlich Aufnahmen, auf denen der jetzt wiederentdeckte Mensch fehle. So sehe man zum Beispiel, sagte er, auf einem

Foto, auf dem er stolz neben seinem Dreirad stehe, die Leere, die Robert gefüllt hätte, wäre er bei ihm gewesen. Er hätte dann natürlich nicht Robert, Robi oder Bobi geheißen, sondern einen hiesigen Namen getragen, etwa Milan oder Petar, und wäre folglich Mile oder Pera gerufen worden. Doch vielleicht sei sein Name wirklich Milan oder Petar, gewesen und später in Argentinien in Robert umgewandelt worden, wer könne das schon wissen, sagte er, vielleicht sei dies nicht einmal offiziell geschehen und er trage auch weiterhin den Namen, auf den er hier getauft worden sei. Bei diesem Gedanken, sagte er, habe er sich schnell die entsprechende Frage notiert. So etwas tue er, seit er den Brief bekam, der, sagte er, sowohl den Briefträger als auch ihn, aber auch mich überraschte. Das Letztere habe er aus kleinen Gesten von mir geschlossen, die vielen Menschen entgingen, etwa wenn ich mit der Spitze des rechten kleinen Fingers einen nicht existierenden Krümel aus einem Augenwinkel hole oder bei geschlossenem Mund die Zunge über die unteren Zähne streifen lasse, nach außen hin ganz ruhig, in Wirklichkeit aber äußerst überrascht. Solche Gesten also bewogen ihn zusätzlich, sich auf die Begegnung mit Robert sorgfältig vorzubereiten, so dass er neben Fotos und Dokumenten auch eine Liste mit etwa siebzig Fragen bei sich hatte, auf die er unbedingt eine Antwort erwartete. Und wegen dieser Liste mit Fragen, aufgeschrieben mit einem gewöhnlichen Bleistift mit harter und blasser Mine, habe er sich beeilt, möglichst früh ins »Brioni« zu kommen, in dieses Reich des Schattens und des Halbdunkels, um dort einen ausreichend beleuchteten Tisch zu finden. Aber jetzt, sagte er und stand auf, müsse er aufstehen, denn anders könne er das Ganze nicht noch einmal durchleben. Er frage sich, ob ich seinen Schock ermessen könne, als er zwanzig Minuten vor der verabredeten Zeit die Tür vom »Brioni« aufmachte und eine Gaststätte betrat, die dem »Brioni«, von dem er die ganze Zeit erzählte, nicht im Entferntesten entsprach und in der, also in dieser alt/neuen Gaststätte, ihn ein so starkes Licht blendete, dass er schon nach Hause gehen wollte, um eine dunkle Brille zu holen. Er machte einen Schritt zurück, schloss die Tür wieder und prüfte, ob er sich am richtigen Ort befand. Ja, wenigstens äußerlich war es das »Brioni«, in demselben Haus untergebracht, wo es sich schon immer befand, in dieser Hinsicht konnte er aufatmen: Er hatte sich nicht geirrt, er war am richtigen Ort, nur der Ort war nicht mehr der von früher. Er sei zwar auch nicht mehr der von früher, der ewig im »Brioni« hing, dieser Spelunke, die offensichtlich keine mehr war, und auch die Kloschüssel, davon sollte er sich später überzeugen, war nicht die, vor der er stundenlang kniete, bestrebt, nicht im schmutzigen Wasser sein grässliches Spiegelbild zu sehen. Nachdem er sich also vergewissert hatte, am richtigen Ort zu sein, blieb ihm nichts anderes übrig, als die Tür wieder aufzumachen und das Lokal zu betreten, mit dem Unterschied, dass er jetzt wusste, welch helles Licht ihn dort erwartete, und daher auch die linke Hand schützend vor die Augen hob in dem Wunsch, sich möglichst bald in der neuen Situation zurechtzufinden und die Blendung durch das grelle Licht zu vermeiden, die äußerst unangenehm für jemanden ist, der es ohnehin als unangenehm empfindet, sich dort aufzuhalten. Ja, sagte er, er habe sich ungeachtet der vielen Zeit, die er im »Brioni« verbracht habe, in Gaststätten nie wohlgefühlt, allerdings habe er mit der Zeit gelernt, diese Abneigung zu unterdrücken. Was hätte er auch anderes tun können, fragte er, in einem Land, in dem sich alles Wichtige in Gaststätten abspielt? Menschen, die nicht in Gaststätten gehen, und die könne man an den Fingern einer Hand abzählen, verurteilten sich selbst zu einem einsamen und mühseligen Leben. Natürlich gehe es jetzt nicht um dieses Thema, sagte Filip, sondern um seine Verblüffung, mit der er im Eingang der Gaststätte stand, in das starke Licht blinzelte und so tat, als sei alles in bester Ordnung, obwohl nichts in Ordnung war. Er dachte schon daran, Robert vor der Gaststätte abzupassen und mit ihm woanders hinzugehen, als ihm durch den Kopf schoss, Robert sitze vielleicht schon im »Brioni«, beobachte ihn sogar und frage sich, ob er, Filip, sein Bruder sei. Deshalb hielt er, sagte Filip, die rechte Hand wegen des grellen Lichts vor die Augen, blieb stehen und ließ seinen Blick von einem Gast zum anderen gleiten, bis ein Kellner anbot, ihn zu einem freien Tisch zu begleiten. Er, sagte Filip, wollte seinen Ohren nicht trauen: Früher hätten die Kellner im »Brioni« einem eventuell geholfen, *vom* Tisch wegzukommen, oder sie hätten ihn *unter* dem Tisch hervorgezogen, aber er habe nie erlebt, dass man jemandem angeboten hätte, ihn *zu* einem Tisch zu begleiten. Er nickte und folgte dem Ober, wobei er die Gelegenheit nutzte zu prüfen, wer alles an den Tischen saß. Nur an einem Tisch, sagte er, saß ein einzelner Mann, an den übrigen saßen zwei oder mehrere Personen, also befand Robert sich offensichtlich nicht unter ihnen. Bald schied auch der einzelne Herr aus, denn er war kaum über zwanzig, Robert aber musste seiner Rechnung nach mindestens doppelt so alt sein. Die ganze Zeit dachte er jedoch an das veränderte Verhalten der Kellner und konnte sich nicht genug darüber wundern. Auch reizte das grelle Licht immer noch seine Augen. So ist das, sagte er, wir akzeptieren schwer jede Veränderung, gleich ob sie eine Verbesserung oder eine Verschlechterung bedeutet, und am allerwenigsten akzeptieren wir die Veränderungen, die wir bis dahin am vehementesten befürwortet haben. Wie oft hatte er voller Verachtung über das schummrige Licht im »Brioni« gesprochen, weswegen er eine halbe Stunde früher hingegangen war, um einen Tisch mit besserem Licht zu finden, jetzt aber, nachdem er anstelle des erwarteten Bildes ein glänzendes Restaurant vorfand, hielt er die Hände vor die Augen und war geneigt, sich beim Kellner wegen des zu hellen Lichts zu beschweren. In mancher Hinsicht, sagte Filip, bleiben wir immer Kinder, und man sollte uns gelegentlich eine ordentliche Tracht Prügel verpassen, denn das ist die einzige Möglichkeit, einem verzogenen Kind etwas klarzumachen.

Dabei denke er eigentlich an sich, nur an sich, weil er wisse, wie man heute körperliche Züchtigung verurteile und wie sehr man sich über Länder entsetze, in denen öffentliche Prügel noch an der Tagesordnung seien, was er schon immer als Ausdruck äußerster Scheinheiligkeit betrachtet habe. Heiße es im Volksmund schließlich nicht, sagte er, der Prügelstock komme aus dem Paradies? Da sich unter den Gästen keiner befand, der sein Bruder sein konnte, konzentrierte er sich, sagte er, auf die Eingangstür in der Erwartung, dass dort jeden Augenblick Robert, Robi oder Bobi genannt, erscheinen werde. Der Kellner kam zu ihm und fragte, ob er etwas bestellen wolle, aber er musste es verneinen, denn er konnte nicht gleichzeitig die Tür im Auge behalten, überlegen, was er trinken wolle, und darüber nachdenken, wie er das grelle Licht abwehren könne. Der Kellner blieb noch eine Weile an seinem Tisch stehen, sagte er, als erwartete er, dass Filip es sich anders überlegte, entfernte sich dann, den Marsch aus dem Film *Die Brücke am Kwai* pfeifend. Das löste in ihm natürlich, sagte Filip, sofort einen Schwall von Fragen nach dem Grund für ausgerechnet diese Melodie aus, aber er wollte sie dem Kellner nicht stellen, so wie er sie jetzt auch mir nicht stellen wolle in Anbetracht der Fülle von Dingen, über die er mir noch zu berichten habe. Er hoffe also, ich könne mir vorstellen, wie er im renovierten »Brioni«, das keine Kneipe mehr war, sondern ein gehobenes Restaurant, am Tisch saß, hin und her gerissen zwischen mehreren Anforderungen, die ihn völlig in

Beschlag nahmen, an erster Stelle dieses Warten und das gespannte Starren auf die Tür, durch die sein Bruder, der ihm noch bis vor einigen Tagen ganz unbekannt war, hereinkommen sollte. Man könne schwer sagen, sagte er, ob er vor diesem Augenblick bangte oder sich auf ihn freute, denn er fühlte beides, ein Bangen, das eine Freude und eine Freude, die ein Bangen war, zwei verschiedene Gefühle, die sich vermengten und zu etwas anderem, genauer gesagt zu etwas Drittem wurden, zu etwas, was es in der Sprache nicht gibt, was also unaussprechbar und dennoch in seinem Bewusstsein so wirklich, zum Greifen wirklich war, dass es ihn schmerzte, weil er es nicht über die Lippen bringen konnte. Da sei ihm ein Buch eingefallen, in dem behauptet wurde, was man nicht aussprechen könne, existiere auch nicht, die Welt sei ein Spiegelbild der Sprache und die Sprache ein Spiegelbild der Welt. Sofort spürte er Frust in sich aufsteigen, denn er saß im »Brioni« und fühlte ganz deutlich etwas, was es angeblich nur deshalb nicht gab, weil niemand sich dafür ein Wort ausgedacht hatte. Er hätte sofort zehn Begriffe für dieses Gefühl, für diese Mischung von Gefühlen finden können, habe sich aber nicht damit befassen wollen, zumal in dieser Situation, da sein Bruder jeden Augenblick erscheinen konnte. Er spreche davon nur, sagte er, um mir zu zeigen, wie verwundbar, wie sehr wir Opfer der Sprache statt Herr über sie seien. Schon lange glaube er, sagte er, dass wir nur existierten, um Überträger von Genen und der Sprache zu sein, deren Hauswirte wir seien, zu blindem Gehorsam verurteilt und unfähig, Entscheidungen zu treffen, weswegen unser sogenannter freie Wille nur ein Schein sei, mehr nicht. Etwas davon, sagte er, sei in *Das Leben eines Verlierers* eingeflossen, sei aber im Hintergrund geblieben, da es eine Menge wichtigerer Dinge gab, über die er schreiben musste. Falls er aber sein Vorhaben verwirklichte, ein neues Buch über Gewinn und Verlust zu schreiben, wovon er mir schon erzählt habe, werde dieser Gedanke in den Vordergrund treten, und zwar so klar, dass er nicht mehr verloren gehen könne. Das neue Buch werde natürlich nicht in die triste Atmosphäre und in das dämmrige Licht der Kneipe getaucht sein, denn die gebe es nicht mehr, es werde vielmehr mit der Schilderung seiner Verblüffung über die Veränderung beginnen und mit einem Dilemma, mit dem er sich immer mehr beschäftigte, während er da saß und auf Robert wartete. Als er mir gegenüber das erste Mal die Idee von seinem neuen Buch erwähnt habe, habe er nämlich betont, er wolle schildern, wie Robert und er ihre Welt entdeckten und aufbauten, jetzt aber, da die Sprache ihm mittlerweile weniger überzeugend erscheine, frage er sich immer öfter, ob es überhaupt möglich sei, dass sie beide eine Welt hätten, die allein ihnen gehörte. Jemand schrieb irgendwo, sagte er, dass eine echte Freundschaft ein gemeinsames Abenteuer voraussetze, weshalb es mit zunehmendem Alter immer schwieriger werde, neue Freundschaften zu schließen, und deswegen frage er sich, was nötig sei, um die abgerissenen oder nicht existierenden Familienbande zu knüpfen. Würden zum Beispiel Robert und er gemeinsam die Kais der Save und der Donau entlangradeln müssen, was für ihn, sagte er, den Gipfel des Abenteurertums darstelle, da er Angst vor dem Radfahren habe und, während er am Kai entlang in die Pedale trete, ständig befürchte, samt dem Fahrrad in den Fluss zu stürzen? Und was, sagte er, wenn Robert unter Abenteuer etwas viel Gefährlicheres verstehe, wenn ihn zum Beispiel die Höhlenforschung interessiere und er deshalb vorschlüge, in eine unterirdische Grube, in ein Karstloch oder in einen Abgrund hinunterzusteigen? Wie solle er aber, sagte Filip, ihre Familienbande knüpfen, wenn er aus Angst nicht einmal die Augen aufmachen könnte? Wer weiß, wie lange ihn ähnliche Fragen geplagt hätten, wäre die Tür nicht aufgegangen und hätte sich seine ganze Aufmerksamkeit nicht sofort auf die Person konzentriert, die im Begriff war, das Lokal zu betreten. In dem Moment, sagte er, schien sein Herz stillzustehen, und ganz sicher atmete er nicht, so dass er eigentlich tot war, obwohl er gerade da äußerst lebendig sein sollte. Herein kam jedoch ein Mädchen mit Rosen. Nachdem ein Kellner ihm einen Wink gegeben hatte, ging es von Tisch zu Tisch und bot in Zellophan eingewickelte, mit golden schimmernden Bändern zusammengebundene Rosen an. Das Mädchen war nicht älter als neun oder zehn, sagte Filip, aber auf seinem Gesicht lag die Traurigkeit eines sehr viel älteren Menschen, und in jeder anderen Situation hätte er ihm ohne lange zu zögern Rosen abgekauft. Wie oft hatte er schon auf diese

Weise Rosen gekauft, mit denen er nachher nichts anzufangen wusste! Er brachte sie nach Hause, wo sie langsam welkten und vertrockneten, einen süßlichen Duft verströmend, von dem ihm oft übel wurde. Dieses Mal, in dieser Situation, sagte er, war das nicht möglich. Jeden Augenblick konnte ja sein Bruder ins »Brioni« kommen, und dann hätten sich beide in einer peinlichen Lage befunden, da es nicht üblich sei, dass ein Mann einem anderen Mann Blumen kaufe, selbst wenn es sich um den Bruder handle, den man bislang nie gesehen habe. Andererseits, sagte er, gebe er Bettlern aus Prinzip kein Geld, weil er der Ansicht sei, man solle nicht Menschen ermutigen, die ohne Arbeit zu Geld kommen wollen, und aus ebendiesem Prinzip hätte er dem Mädchen nicht Geld in die Hand drücken können, ohne eine Rose zu nehmen. Deshalb habe er, als das Mädchen an seinen Tisch trat und ihm eine Rose anbot, nur an ihm vorbeigeschaut und mit den Schultern gezuckt, so getan, als sehe er es nicht, obwohl er das Gefühl hatte, der Schmerz auf dem Kindergesicht sei echt. Oh, wie böse er auf sich war, wie gern hätte er sich selbst eine so schallende Ohrfeige verpasst, dass alle Gäste im Restaurant sich nach ihm umgedreht und ihn für einen Verrückten gehalten hätten! Und er war in der Tat verrückt, sagte Filip, verrückt aus Wut darüber, dass er sich derart streng an Prinzipien halte, obwohl er eigentlich stolz auf diese Prinzipien sei und sich immer bemühe, sie in sein Leben einzubauen. Früher war er schnell bereit zu behaupten, dass die Prinzipien das Leben ausmachen, aber in jenem Augenblick sah er ein, dass sie genauso den Tod bedeuten können, denn als das Mädchen ihn traurig anschaute und ihm wortlos eine in Zellophan eingewickelte Rose hinhielt, wünschte er nur, es solle augenblicklich verschwinden. Wäre er nicht mit dem Bruder verabredet gewesen, mit dem Bruder, den er noch nie gesehen hatte, wer weiß, was er getan hätte, als er den Blick des Mädchens sah, in dem er, sagte er, die ganze Traurigkeit dieser Welt erkannte. Nur die Aussicht, dass sein Bruder jeden Augenblick im Eingang des »Brioni« erscheinen konnte, zwang ihn, sich nicht zu rühren und nicht den depressiven Gedanken nachzugeben, die ihn wie wilde Tiere zerfleischten, daher könne man in der Tat sagen, sein Bruder habe ihm, auch wenn er noch nicht da war, das Leben gerettet. Das Mädchen ging weiter, sagte er, und er verspürte einen unwiderstehlichen Drang, auf die Toilette zu gehen. Der Drang sei wohl von der nervlichen Anspannung wegen des Mädchens mit den Rosen gekommen, denn unmittelbar vor der Begegnung mit dem Bruder hatte er zu Hause absichtlich sowohl die kleine als auch die große Notdurft erledigt, damit er den Raum nicht besuchen müsse, in dem er früher stundenlang über dem Klo hing. Als er diese Entscheidung traf, wusste er natürlich nicht, dass das »Brioni« renoviert worden war, er habe sich die Toilette so vorgestellt, wie sie aussah, als er sie regelmäßig besuchte. Da man die Gaststätte aber renoviert hatte, war seine Angst unbegründet, und er stand also auf, um sich eilig zur Toilette zu begeben. Darüber, wie die Toilette heute aussehe, sagte er, gäbe es viel zu erzählen, doch dies könne noch warten, ich bräuchte also nicht den Mund zu verziehen, als hätte ich in eine saure Gurke gebissen. Ich sagte darauf, ich äße keine Gurken. Vor vielen Jahren, sagte Filip, habe er einen Roman gelesen, in dem eine der Hauptpersonen keine Gurken vertrug, was zu zahlreichen Unterbrechungen der Handlung geführt und die Lektüre verlangsamt habe, die wegen der fragmentarischen Struktur des Romans ohnehin mühsam gewesen sei. Wenn ihm der Titel des Buches oder der Name des Verfassers einfalle, werde er ihn mir sagen, sagte er, er sei sicher, dass mich, da ich keine Gurken äße, der Roman interessieren würde. Interessant sei auch, sagte er, wie etwas, das man beiläufig erwähne, auf einmal zum Hauptthema werde, obwohl es keine Berührungspunkte zu dem gebe, worüber man bis dahin gesprochen habe. So würde er jetzt am liebsten, sagte er, über die Gurken sprechen und über den Roman, dessen Hauptperson keine Gurken vertrug, obwohl sein Bericht über das Treffen mit dem Bruder auf die Fortsetzung warte. Vielleicht wolle er dadurch unbewusst den Bericht aufschieben, denn er wisse nicht, ob er imstande sei, mir richtig zu vermitteln, was alles geschah, so wie er, als sich das abspielte, nicht wusste, was er tun sollte. Alles habe er sich auf eine Weise vorgestellt, es habe sich dann aber auf eine völlig andere Weise ereignet. Als er nämlich aus der renovierten Toilette zurückkam, wo er sich dank den erlesenen pastellfarbenen Fliesen und den sanften, runden Formen der Toilettenschüssel, des Waschbeckens und der Hähne völlig beruhigt und entspannt hatte, wurde er mit einer Überraschung konfrontiert, die ihn auch jetzt, mehrere Tage danach, nicht gleichgültig lasse. Hier der Beweis, sagte er. Prompt zitterten seine Hände, bekam er einen trockenen Mund, und sein linkes Augenlid zuckte. An seinem Tisch saß nämlich ein fremder hagerer Mann. Zunächst, sagte Filip, vermutete er einen Irrtum, den er schnell ausräumen wollte, aber mit jedem Schritt, mit dem die Entfernung zwischen ihnen kleiner wurde, fühlte er, wie seine Sicherheit schwand, und er verlangsamte das Tempo, bis sie ihn nur zwei, drei Schritte vor dem Tisch völlig verließ und er stehen blieb. Da kam ihm die Erkenntnis, dass es sich nicht um einen Irrtum handelte, dass vor ihm, an seinem Tisch, sein Bruder saß. Er wisse nicht, sagte er, ob ich seine Verzweiflung nachfühlen könne, seinen Wunsch, vom Antlitz der Erde oder wenigstens aus dem »Brioni« zu verschwinden, denn bis dahin hatte er alles unternommen, um im Vorteil zu sein. Er, Filip, sollte am Tisch sitzen und beobachten, wie sein Bruder sich ihm näherte; er sollte aufstehen und ihm lächelnd die Hand reichen, er sollte wissen, wer von ihnen beiden wer ist, aber nichts von alledem kam so, und es wurde noch verzwickter, als er sich fragte, woher sein Bruder überhaupt wusste, an welchen Tisch er sich setzen sollte. Das sei ihm auch jetzt noch nicht klar, ihm falle nur ein, dass der Bruder ihn vielleicht heimlich beobachtet und vom Foto auf dem Einband eines seiner Bücher wiedererkannt habe, wahrscheinlich von *Das Leben eines Verlierers,* weil das Foto dort ihm am ähnlichsten sei. Er stand also wie versteinert da und starrte den hageren Mann an, der sich erhob, ihm die Hand reichte und sagte: »Ich bin Robert.« Als er das hörte, sagte Filip, zuckte er zusammen, Zittern durchfuhr seine Glieder, wie wenn man sich plötzlich aus der Hocke aufrichtet und für einen Augenblick das Gleichgewicht verliert, aber da ging Robert schon auf ihn zu, packte ihn an der Schulter und am Ellbogen und sagte, alles gehe in Ordnung. Er half ihm, sich zu setzen, sagte Filip, danach setzte er sich selbst hin. Berührt habe er ihn nicht mehr, sagte Filip, was gut war, denn die Stellen, wo er ihn zuvor berührt hatte, an der Schulter und am Ellbogen, brannten, als hätte er sich gegen eine glühende Herdplatte gelehnt, und noch mehr brannte es in seinem Inneren, er könne es nicht genau lokalisieren, wo, jedenfalls irgendwo in der Tiefe, dort, wo sich all das ansammele, was nicht so laufe, wie es solle. In der Tat, nach dem Mädchen mit den Rosen, dem Toilettengang zur Unzeit und dem veränderten Ablauf der Begegnung musste er sich fragen, was jetzt noch kommen würde. Ein Unglück komme bekanntlich selten allein, sagte Filip, und es bleibe auch nicht bei der Zahl drei, deshalb habe er, sobald er sich dank Roberts überraschend festem Griff hingesetzt hatte, wieder den Blick auf den Eingang gerichtet, denn man konnte nicht wissen, sagte er, wer noch alles erscheinen würde. Niemand erschien, nur Robert räusperte sich leise, als wolle er zaghaft auf sich aufmerksam machen, was man ihm keineswegs übelnehmen konnte, sagte Filip. Auch er würde sich räuspern, hätte er eine so lange Reise auf sich genommen und sich dann in einer Gaststätte wiedergefunden, wo ihn keiner beachtete, als wäre er nur eben aus dem Nachbarhaus herübergekommen. Und er hätte es bestimmt nicht so zaghaft getan, sagte er, sondern laut und deutlich, damit alle darin ein Warnzeichen sähen. Aber obwohl er so dachte, konnte er sich nicht überwinden, den Kopf zu heben und Robert in die Augen zu schauen. Er starrte auf seine Hände auf dem Tisch und fragte sich, wieso die überhaupt da seien. Als er sie gerade zurückziehen wollte, sagte Robert: »Du hast die gleichen Finger wie ich.« Er legte seine Hand neben die seine, und als Filip einen Augenblick später die beiden Hände anschaute, habe er gesehen, sagte er, dass Robert recht hatte. Ihre Finger waren wirklich gleich. Der einzige Unterschied lag in der Farbe der Haut: die Roberts war sonnengebräunt, die Filips milchig weiß. Alles Übrige, einschließlich der Halbmonde an den Nagelwurzeln, war identisch: An den Stellen, wo man bei Filip Härchen sah, sah man sie auch bei Robert, dort, wo Äderchen hervortraten, traten sie auch bei Robert hervor, dort, wo sich bei ihm die Haut in Falten legte, legte sie sich auch bei Robert in Falten. Als dann Robert die Hand auf seine legte, brach er in Tränen aus. Er saß in einer Gaststätte, die früher eine miese Spelunke war und in der er die schlimmsten Tage seines Lebens verbracht hatte, ein Mann, den er nie zuvor gesehen hatte, hielt seine Hand, und alle Gäste sowie die Kellner und das Mädchen mit den in Zellophan gewickelten Rosen starrten sie an. Das Mädchen drohte ihm sogar mit dem Finger, sagte Filip, allerdings kam ihm das vielleicht auch nur so vor, da er wegen der Tränen alles nur verschwommen sah. Dennoch zog er seine weiße Hand unter der sonnengebräunten von Robert hervor und griff nach einem Taschentuch, um die Tränen fortzuwischen und die Nase zu putzen. Er wisse, sagte er, was man bei uns von zwei Männern denke, die sich an den Händen halten, insbesondere wenn einer von ihnen weint, aber er beachtete das nicht, genauer gesagt, er bemühte sich, es nicht zu beachten, obwohl er schon daran dachte, aufzustehen und laut, damit es im ganzen Lokal vernommen werde, auszurufen: »Das ist mein Bruder!« Inzwischen hatten auch ohne seinen Ausruf die meisten Gäste aufgehört, sie anzustarren, aber nicht so die Kellner, was ihn, sagte Filip, nicht störte, da das Anstarren der Gäste zu deren Pflichten gehöre, beziehungsweise erwarte man von Kellnern nicht, dass sie die Gäste nicht anschauen, denn wie sollten sie sonst alle jene Gesten bemerken, mit denen sie sie herbeiriefen? Wie auch immer, nachdem er die Tränen fortgewischt und die Nase geputzt hatte, suchte sein Blick zuerst das Mädchen mit den Rosen, fand es aber nirgends. Nein, er hatte nicht vor, Robert eine Rose zu kaufen, sondern dem Mädchen doch einige Dinar zu geben, trotz des Prinzips, das ihn zuvor daran gehindert hatte. Auf einmal schien es ihm, sagte er, als könne er damit das Unrecht gutmachen, das er ihm zuvor angetan hatte, und auf diese Weise sein seelisches Gleichgewicht wiederherstellen. Und während er um sich sah, winkte Robert den Kellner herbei und bestellte einen Sliwowitz, was ihn, sagte Filip, derart erstaunte, dass er um ein Haar das Gleichgewicht wieder verlor. Er habe sich für Robert alle möglichen Getränke vorstellen können, einschließlich Aprikosenschnaps und dunkles Bier, nie aber hätte er an Sliwowitz gedacht, vor allem nicht in der Situation, in der sich die beiden befanden. Wenn er etwas nicht ausstehen könne, dann den Sliwowitz. Seine milde Herbheit, sagte er, passe eher zu einer fröhlichen Begegnung, zu einem freudigen Ereignis, weil sie auf den herben Geschmack der Wirklichkeit hinwies. Zu ihrem Treffen dagegen, bei dem früher oder später bittere Erinnerungen und Wahrheiten ans Tageslicht kommen würden, hätte eher ein Likör gepasst, ein Getränk, das Hoffnung auf eine süße Versöhnung wecke. Er traute sich aber nicht, das zu sagen. Ihre Finger und Hände waren zwar gleich, aber wer weiß, ob eine solche Ähnlichkeit auch in ihrem Denken oder bei anderen Körperteilen bestand. Das brauche natürlich nichts zu bedeuten, sagte er, denn sie beide seien wahrscheinlich keine Zwillingsbrüder, sondern Geschwister, die im Abstand von einigen Jahren geboren wurden, daher wäre es nicht ungewöhnlich, wenn es zwischen ihnen mehr Unterschiede als Ähnlichkeiten gäbe. In Anbetracht der Tatsache, dass sie unter verschiedenen Umständen aufgewachsen und einander nie begegnet waren, konnte es leicht möglich sein, dass die

Ähnlichkeit der Hände und der Finger die einzige Ähnlichkeit bliebe. Inzwischen hielt er nicht mehr Ausschau nach dem Rosenmädchen, sagte er, und beobachtete zum ersten Mal, wenn auch von der Seite, verstohlen den Mann, der sein Bruder war. Ich möge dies lächerlich finden, sagte er, aber er fragte, während er Robert heimlich anschaute, sein Herz, weil er glaube, wenn überhaupt jemand, dann könne ihn zuerst das Herz erkennen. Er hatte keine Ahnung, wie das Herz dieses Wiedererkennen signalisieren würde: Er wartete und wartete, das Herz schwieg, als hätte man ihm die Zunge abgeschnitten, und erst als er schon aufgeben wollte, verspürte er einen leisen Schmerz, sagte er, nicht einmal einen richtigen, sondern den Anflug eines Schmerzes. Auf einmal begriff er, obwohl ihm nicht klar sei, wie, dass sein Herz Bescheid wusste und dass der hagere Mann, der ihm gegenübersaß, wirklich sein Bruder war. Ohne länger zu zögern, schaute er ihm ins Gesicht und fragte, wie es passiert sei. Robert erwiderte seinen Blick und fragte: »Was?« »Alles«, sagte Filip, »lasse bitte nichts aus.« Robert fing an zu zwinkern, und er, sagte Filip, bemerkte erst jetzt seine langen Wimpern. Er hatte eine kleine Nase, einen großen Mund, volle Lippen, unwahrscheinlich glatt rasierte Wangen, selbst in dem Grübchen am Kinn sah man kein einziges Haar, seine Augen waren grau, falls Augen wirklich grau sein können, sagte er, denn er wisse nicht, wie er diese Farbe sonst bezeichnen solle. Die Bezeichnung sei auch gar nicht wichtig, denn nichts von alledem, am wenigsten die Augenfarbe, war wie bei ihm, sagte er, und wen immer er im »Brioni« gefragt hätte, einen Kellner oder einen Gast, keiner hätte geglaubt, dass sie Brüder seien, vorausgesetzt natürlich, sie sähen nicht ihre Hände und Finger, obwohl auch seine Schwester, wenigstens auf den Fotos, die er oft betrachtete, keine große Ähnlichkeit mit ihm gehabt habe, beziehungsweise er mit ihr, und als er etwas später Robert eins von diesen Fotos zeigte, konnte er sich davon überzeugen, dass zwischen den beiden, zwischen Robert und der Schwester, ebenfalls keine große Ähnlichkeit bestand. Das habe ihn bewogen, sagte Filip, sich zu fragen, ob die mangelnde Ähnlichkeit darauf zurückzuführen sei, dass sie nicht zusammen aufgewachsen waren, sondern jeder sich entsprechend seiner Umgebung und den ihm nahestehenden Menschen entwickelt hatte. Wäre seine, beziehungsweise ihre gemeinsame Schwester am Leben geblieben und wäre sie zusammen mit ihm groß geworden, sagte Filip, wäre die Ähnlichkeit zwischen ihnen bestimmt größer als zu der Zeit, als ihr Leben ein grausames Ende fand, worüber er im Buch *Das Leben eines Verlierers* geschrieben habe, an das er, während er mit Robert im »Brioni« saß, nicht einmal zu denken wagte, weil er eigentlich gar kein Verlierer war, zumindest nicht der große, als den er sich in seinem Buch dargestellt habe, weswegen ihn jetzt jeder einen Lügner und Betrüger nennen könne. Manchmal halte er sich sogar selbst für einen Lügner und Betrüger. Und in jenem Augenblick dachte er, sein neues Buch solle gerade mit diesen Worten beginnen, egal wie sein Titel lauten und ob er einen von diesen Begriffen beinhalten würde. Übrigens, mit den Titeln sei es so eine Sache: Manchmal drängten sie sich vor dem Buch auf, lange bevor man überhaupt die Idee für das Buch habe, ein anderes Mal fielen sie einem selbst lange nach Fertigstellung des Buches nicht ein und würden zum Haupthindernis für dessen Veröffentlichung, denn ein Manuskript sei nicht fertig, solange es keinen Titel habe. Der Titel sei doch das Buch, sagte er, er kenne kein Buch ohne Titel, es sei also außerordentlich wichtig, baldmöglichst zu entscheiden, wie sein neues Buch heißen solle. Auch darüber wollte er mit Robert sprechen und über tausend andere Dinge noch, auch über die Frage, ob er ihn Robi oder Bobi nennen dürfe, aber zunächst wollte er die Antworten auf schon gestellte Fragen abwarten, namentlich auf die allerwichtigste Frage, wie das geschah, was geschehen war. Robert sah ihn mit seinen grauen Augen an und sagte: »Sie haben mich verkauft.« Das sagte er, sagte Filip, als sei es die einfachste Sache der Welt, etwas Gewöhnliches, etwas, das sich alle fünf Minuten irgendwo auf der Erdkugel ereigne, und er, Filip, meinte daher, er habe nicht richtig gehört, und starrte die grauen Augen an, als habe er soeben sein Todesurteil vernommen. Ja, bestätigte Robert, sagte Filip, sie hätten ihn verkauft, beeilte sich aber sofort zu betonen, dass er keinem etwas übelnehme. Wenn andere kein Verständnis für uns hätten, habe er gesagt, so bedeute das nicht, dass wir kein Verständnis für sie haben sollen. Am einfachsten sei es, jemandem böse zu sein, weil er etwas getan hat, was uns nicht gefällt, viel schwieriger sei es, die Gründe für sein Tun zu begreifen. Die meisten Menschen überließen sich daher leicht Wut und Zorn, obwohl das Sichaufregen und das Toben nichts nütze; das Einzige, was helfe, sei, die Wahrheit zu akzeptieren. Wir können nicht anderen etwas vorwerfen, sagte er, von dem wir nicht möchten, dass man es uns vorwirft. Dazu bedürfe es keiner großen Weisheit, sagte er, entweder seien wir alle gleich oder wir seien es nicht, wenigstens dies sei einfach. Wer wisse schon, sagte Filip, warum ihm dies in den Sinn komme, jetzt wolle er jedoch mit dem Bericht dort fortfahren, wo er stehen geblieben sei, wo eigentlich Robert stehen geblieben sei, als er mit starken Gefühlen kämpfte, was seinem Gesicht anzusehen war, das zuckte, sich in Falten legte, sich entspannte und straffte, als würde es von Furien geknetet. Es sei durchaus möglich, sagte Filip, dass auch sein Gesicht so aussah, und wenn das stimme, kam das von dem Gefühl, betrogen zu sein, denn er habe sich die unterschiedlichsten Varianten von Roberts Verschwinden und dem darauffolgenden Leben in Argentinien vorstellen können, sei aber nicht auf den Gedanken gekommen, dass man ihn verkauft habe. Könne ich mir vorstellen, fragte Filip, dass ein solches Detail einen Menschen und all das, was er über seine Eltern gewusst, gedacht und für sie gefühlt habe, auf den Kopf stellen könne? Darauf reagierte er mit dem Gedanken, sagte er, es sei gut, dass beide schon längst tot seien, worauf ihm dann aber einfiel, mit wie viel Liebe er von ihnen in *Das Leben eines Verlierers* geschrieben hatte und mit wie viel Liebe er von ihnen in seinem neuen Buch zu schreiben vorhabe, und da hatte er plötzlich das Gefühl, dies sei das Ende, sagte er, alles löse sich auf und er sei ein noch größerer Verlierer, als er es in seinem Buch beschrieben habe. In dem Moment habe er deutlich wie auf einem Bildschirm gesehen, wie dieses Buch heißen solle. Er verstummte, nahm das Taschentuch, putzte sich die Nase und sagte: *Der Tod eines Verlierers*. Das habe er Robert gegenüber nicht erwähnt, sagte er, ich sei der erste Mensch, dem er das anvertraue, aber keine Sorge, ihn interessiere nur der symbolische Tod, da er eigentlich nur ein symbolischer Verlierer sei. Und dennoch, symbolisch oder nicht, er spürte, wie Angst ihn packte: Wenn sein Leben nach nur einer halben Stunde Unterhaltung mit Robert völlig durcheinandergeriet, was würde erst bei dem weiteren Gespräch passieren? Währenddessen saß Robert mit geschlossenen Augen da, sagte Filip, als wolle er sich auf das konzentrieren, was er zu sagen hatte, öffnete dann die Augen und sagte mit beinahe wütender Stimme: »Die verfluchten Eltern.« Er sagte das so laut, dass die Gäste an den Nachbartischen es hörten und sich nach ihnen umdrehten. Robert fuhr fort, sagte Filip, manchmal denke er, eine Welt ohne Eltern wäre besser, obwohl ihm klar sei, dass es dann gar keine Welt gäbe, ein Grund, weswegen er von ganzem Herzen die Klonforschung unterstütze. Sollte sie sich als erfolgreich erweisen, meinte Robert, sagte Filip, würden die Eltern verschwinden, so wie die Dinosaurier verschwunden seien, und die Menschen würden ihre Knochen und andere Exponate im Elternmuseum betrachten können, so wie sie jetzt in Museen überall in der Welt die ausgebuddelten Knochen von Dinosauriern bestaunten. Bis dahin bleibe uns nichts anderes übrig, als deren Anwesenheit hinzunehmen. Zu diesem Schluss kamen beide, sagte Filip, und stellten gleich fest, dass nur eine Sache schlimmer sei als deren Anwesenheit, nämlich ihre Abwesenheit. Selbst wenn es die Eltern nicht mehr gibt, wenn sie sich in den ewigen Frieden begeben haben, verlangten sie weiterhin unsere ganze Aufmerksamkeit, jedes Teilchen davon, selbst das kleinste. Die Abwesenheit der Eltern, stimmten Filip und Robert überein, sei einfach ein Aufruf zur Nekrophilie, zur Verehrung ihrer sterblichen Überreste und zur Pflege unsinnig teurer Grüfte und Grabsteine. Wenn ich schon mal zum Friedhof gehe, sagte Filip, treffe ich dort sicher Hunderte und Aberhunderte von Menschen, die, da sie Söhne oder Töchter sind, nichts anderes tun, als ihre verstorbenen Eltern zu bedienen, obwohl jeder von ihnen bestimmt etwas Besseres zu tun hätte. Nur weil sie einen zur Welt gebracht hätten, auch wenn niemand sie darum gebeten habe, sagte Filip, verlangten die Eltern von uns, ihnen ein Leben lang, sowohl ihres als auch das der Kinder, zu Diensten zu sein, und nach dem Ableben, im Tod, forderten sie das noch mehr. Die verfluchten Eltern, habe Robert wiederholt, sagte Filip, aber dieses Mal so laut, dass alle Gäste im »Brioni« sie anschauten, alle Kellner ebenfalls, sogar die Köchin lugte aus der Durchreiche, wo sie sonst die bestellten Hauptgerichte, Suppen, Salate und Nachtische hinstellt. Eine Zeit lang starrte das ganze Lokal sie beide an, sagte er, so dass er die Hand auf Roberts Unterarm legte, um ihn zu beruhigen. Schließlich gelang ihm das, und Robert legte dann mit einem Seufzer seine warme Hand auf die von Filip. Dann wiederholte er noch einmal: »Verfluchte Eltern«, aber flüsternd, und flüsternd sprach er weiter, so leise, dass er, Filip, sein Ohr dessen Lippen nähern musste und dennoch nicht sicher war, ob er alles richtig gehört und verstanden hatte. Es stellte sich heraus, sagte er, dass Robert drei Jahre nach ihm, sechs Jahre nach der Geburt der Schwester und ein paar Monate vor deren Tod geboren wurde. Der relativ kurze Abstand zwischen den Geburten mache klar, sagte Filip, warum er sich nicht an Mutters Schwangerschaft erinnere, ein Ereignis, dass Kinder meist in Erinnerung behielten, da sie in diesem Alter fasziniert seien von der rätselhaften Verbindung zwischen dem Anwachsen von Mutters Leib und der Ankunft des neuen Babys. Robert war Anfang Juni 1968 während der Studentenunruhen und höchstwahrscheinlich einen Monat vor dem Termin geboren. Sein Vater, der da schon ihr gemeinsamer Vater war, sagte Filip, beteiligte sich als Universitätsprofessor an der Organisation der Studentenproteste. Damals hatten die Eltern zwei Kinder, ihn und seine Schwester, sagte Robert, wünschten sich aber noch ein drittes, weil sie meinten, ihre Liebe wäre auf diese Weise besser verteilt als nur bei einem oder zwei Kindern. Er sei nicht sicher, ob dies stimme, sagte Filip, aber Robert war dabei hartnäckig, genauso hartnäckig wie dabei, als er wiederholte, er sei vorzeitig geboren infolge des Verhörs, dem man seine Mutter, die natürlich ihre gemeinsame Mutter war, unterzogen hatte, da man an den Vater, der Tag und Nacht in der besetzten philosophischen Fakultät engagiert war, nicht herankam. Man nutzte nebenbei die Gelegenheit, ihre Pässe zu einer angeblichen Überprüfung einzukassieren. Mutter war damals, wie Robert schätzte, am Anfang des achten Monats und bekam, nachdem man sie im Polizeikombi zurückgebracht hatte, in der Nacht Blutungen, weswegen ein Notarzt sie in ein Krankenhaus einlieferte, wo kurz darauf Robert zur Welt kam. Damals hieß er natürlich noch nicht Robert, vielleicht hatte er auch gar keinen Namen, sagte Filip, er schrie nur. Die Studenten genossen damals die volle Unterstützung der Öffentlichkeit, alle waren überzeugt, dass die Zeit für eine neue Revolution gekommen sei, deshalb wollte ihr Vater ihn Ernesto nennen, sagte Filip, aber dann forderte Tito die Studenten reumütig zur Versöhnung auf, und die Revolution war zu Ende, bevor sie überhaupt begonnen hatte. Die Studenten, die ohnehin Tito Treue geschworen hatten, beendeten tanzend die Proteste in der Überzeugung, jetzt breche eine Zeit der Veränderungen an. Stattdessen begann die Polizei ohne viel Aufhebens die Organisatoren der Demonstrationen einzusperren, und ihre Eltern dachten damals zum ersten Mal daran, dass es besser wäre, der neugeborene Junge, der künftige Ernesto, würde nicht bei ihnen bleiben, denn sie befürchteten, falls der Vater ins Gefängnis käme, würde die Mutter allein nicht für drei Kinder sorgen können. Das war die offizielle Version, sagte Filip, die Robert nie akzeptiert habe, obwohl sein Stiefvater, von dem er dies erfuhr, schwor, die Wahrheit zu sagen. Die verfluchten Eltern, behauptete Robert, hatten einen anderen Plan. Sein künftiger Stiefvater, ein Jude, auch ein Universitätsprofessor, war der beste Freund des Vaters, aber im Unterschied zu ihm, sagte Filip, begriff er rechtzeitig, welche Folgen die gescheiterten studentischen Unruhen haben würden, und fand eine Möglichkeit, sich nach Südamerika abzusetzen. Seine Frau, ebenfalls Jüdin, konnte nicht schwanger werden und sei, so vermute Robert, gleich nach seiner Geburt zu ihren Eltern gekommen mit einem Vorschlag, den diese, sagte Filip, aus ungeklärten Gründen nicht ablehnen konnten. Robert meine, sie habe gewusst, was kommen würde, dass nämlich das Regime mit den Anführern der Proteste hart ins Gericht gehen würde, und habe ihre Eltern überzeugt, dass es nur einen Weg gebe, wenigstens das jüngste Kind zu retten: wenn sie es zur Adoption freigäben. Ihr Schicksal vorausahnend, sagte Filip, und vor Angst, dasselbe könnte später auch seine Schwester und ihn erwarten, hätten die Eltern zugestimmt. Es ging schnell, sagte Filip, weil, wie Robert vermutete, der Freund ihres Vaters, der Jude, über gute Beziehungen und entsprechende finanzielle Mittel verfügte, so dass alles in nur zwei Tagen geregelt war. Auf diese Weise, meinte der Freund des Vaters, würden sich ihre Eltern wenigstens um ihren jüngsten Sohn keine Sorgen mehr machen und befürchten müssen, dass die heiß gelaufene Rachemaschinerie der kommunistischen Partei ihn zermalme, noch bevor er erwachsen sei. Außerdem meinte er, seien die Eltern im Unterschied zu seiner Frau, die, selbst wenn sie gekonnt hätte, nicht mehr das Alter für eine Schwangerschaft hatte, noch jung genug, um, wenn die Dinge sich zum Besseren hin wendeten, ein neues Kind zu zeugen. Während er das sagte, habe Vaters Freund eine in Zeitungspapier eingeschlagene Schatulle auf den Tisch gestellt. Darin befand sich ein Diamantcollier, erzählte Robert ihm, Filip, und fügte hinzu: »Die verfluchten Eltern, sie haben mich für eine Handvoll Silberlinge verkauft!« Sein Stiefvater jedoch, sagte Robert, bestand immer darauf, dass das Collier nur Ausdruck ihrer Dankbarkeit war und keine Vergütung für das überlassene Kind, für das es ohnehin, wie der Stiefvater meinte, keinen Preis gab. Gegen seine neuen Eltern sagte Robert nicht ein Wort, sagte Filip, im Gegenteil, während er von seinen frühen Jahren in Buenos Aires erzählte, habe er melancholisch gelächelt und mit Zärtlichkeit von seinem Vater gesprochen, der nicht sein Vater war, was er erst erfuhr, als er die Volljährigkeit erlangte, und zwar die gesetzliche und nicht, wie Robert betont habe, die nach jüdischem Ritus geltende, Bar-Mizwa genannte, die er in seinem dreizehnten Lebensjahr feierte, da seine neuen Eltern ihn als Juden erzogen, was er weder damals war noch jetzt sei, denn er habe nie offiziell den jüdischen Glauben angenommen. Es wäre interessanter gewesen, er hätte es getan, sagte Filip, dann hätte er jetzt einen jüdischen Bruder, obwohl er selber kein Jude sei, und sein Leben hätte dadurch eine Dimension bekommen, die er sich in diesem Moment gar nicht ausmalen könne. Dann starb Roberts Mutter, beziehungsweise die Frau, die er für seine Mutter hielt, und vier, fünf Jahre später, als er einundzwanzig wurde, erzählte ihm sein Vater, beziehungsweise der Mann, den er für seinen Vater hielt, wie sich alles abgespielt hatte. Es sei schwer, ja fast unmöglich, sich vorzustellen, wie Robert sich damals gefühlt haben mochte, hin und her gerissen zwischen widersprüchlichen Gefühlen, Wünschen und Neigungen. Zuerst habe er sich mit dem Gedanken getragen, seinen falschen Vater umzubringen, habe zum Glück bald eingesehen, welch eine Dummheit das gewesen wäre, habe dann begonnen, seinen Selbstmord zu planen, wovon er ebenfalls rechtzeitig Abstand nahm, und habe sich schließlich auf die Suche nach seinen richtigen Eltern gemacht, denen zu verzeihen er jedoch nicht bereit war. Also, sagte Filip, dieselben Eltern, die er immer im besten Licht sah und denen er mit seinem Buch *Das Leben eines Verlierers* sozusagen ein Denkmal errichtete, hielt Robert für schlimmste Verräter, für niederträchtige Menschen, die aus Geldgier sogar ihr Kind, das was ihnen am heiligsten sein sollte, geopfert hatten. Er richtete seinen ganzen Hass gegen sie und dachte sich tagelang die schlimmsten Foltern für sie aus. All dies war absurd und unnötig, nicht nur, weil er nicht wusste, wie er sie finden sollte, sondern weil er es eigentlich, wenigstens in materieller Hinsicht, mit seinen falschen Eltern in Buenos Aires besser gehabt hatte, als dies mit seinen richtigen Eltern in Belgrad möglich gewesen wäre, denn ihr gemeinsamer Vater wurde bald von der Universität in ein Institut versetzt, auf einen Posten mit dem niedrigstmöglichen Gehalt, was bedeutete, sagte Filip, dass sie nur mit Mühe und Not über die Runden kamen. Politisch gesehen war das Leben in keinem der beiden Länder sorglos, wobei sich in der Zeit, als die Lage in unserem Land immer schlimmer wurde und wir rasant einem neuen Krieg entgegenschlitterten, die politische Szene in Argentinien immer mehr stabilisierte. Alles in allem werde der Unterschied zwischen diesen beiden Ländern am deutlichsten, habe Robert zu Filip gesagt, wenn man den bekanntesten argentinischen und den bekanntesten serbischen Schriftsteller, Jorge Luis Borges und Ivo Andrić, nebeneinanderstelle. Bei dem Ersten, meinte Robert, sei alles Phantasie; bei dem Zweiten alles Geschichte. Bei dem Ersten, sagte Robert, gebe es keine Grenze zwischen Traum und Wirklichkeit; bei dem Zweiten gebe es wenig Träume. Bei dem Ersten laufe alles auf einen Punkt zu; bei dem Zweiten sei alles in permanentem Zerfall begriffen, und kein Punkt sei zuverlässig. In jedem Fall begann Robert, sich von seinem falschen Vater zu entfernen, zunächst im geistigen, dann im körperlichen Sinne, und ging schließlich nach Australien. Er, sagte Filip, habe fälschlicherweise angenommen, dass Robert gleich nach Australien gegangen sei, was jedoch später geschah, als er sein Leben umkrempeln wollte, das, wie er behauptete, in kleine, nicht fassbare Teile zerfallen war. Indes wuchs im gleichen Maße, in dem sich Robert in Australien bemühte, Buenos Aires zu vergessen, in ihm der Wunsch, nach Belgrad zu fahren, sagte Filip. Er wäre schon früher gekommen, wäre nicht der Krieg ausgebrochen, den er, die Nachrichten in der Presse und im Fernsehen verfolgend, zu seiner Überraschung als seinen Krieg empfand. Der Krieg habe ihn zwar gehindert, sofort zu kommen, ihm dafür aber ermöglicht, langsam, Schritt für Schritt, obwohl sich das über mehrere Jahre hinzog, die Geschichte seiner leiblichen Eltern zu rekonstruieren und ihre Namen, Berufe und die Adresse herauszufinden, dennoch glaubte er, bis er mein Buch *Das Leben eines Verlierers* las, sie lebten noch. Dank seinem Buch, sagte Filip, das die Schilderungen seines Stiefvaters ergänzte, konnte Robert das rekonstruieren, was er, Filip, nicht wusste, nämlich den Entschluss der Eltern bezüglich des Nachwuchses. Sie hätten beschlossen, es noch ein drittes Mal zu versuchen, und so hätten sie, nachdem sie schon ein Mädchen, seine beziehungsweise ihre gemeinsame Schwester, und drei Jahre später ihn hatten, nach weiteren drei Jahren während der studentischen Unruhen Robert bekommen, der später jenseits des Ozeans in Buenos Aires glücklich aufwuchs. Inzwischen, sagte Filip, entspannten sich ihre Eltern, wahrscheinlich weil sie den Zorn der Partei nicht mehr fürchten mussten, und überwachten nicht mehr jede Bewegung der Kinder. Ein Augenblick der Unvorsichtigkeit auf der Straße genügte, dass seine beziehungsweise ihre gemeinsame Schwester tödlich verunglückte und alles unterging. Eigentlich seien sie alle ständig untergegangen und immer wieder an die Oberfläche gekommen, als gäbe es im Leben nichts anderes als diesen erbitterten Kampf, diese großartige Bestrebung, an der Oberfläche zu bleiben. Untergehen, auftauchen, untergehen, auftauchen, sagte Filip, das sei alles, das sei das einzige und größte Geheimnis des Lebens, man geht unter und taucht wieder auf, bis der Augenblick kommt, in dem man keine Kraft mehr hat, in dem man von diesem ewigen Runter und Rauf todmüde ist, so dass man wünscht, nie mehr aufzutauchen, weil man es leid ist, die Welt um sich herum zu sehen, die Menschen, die Dinge, insbesondere sich selbst, man kann diesen Typen nicht mehr ausstehen, der immerzu untergeht und auftaucht, da schließt man die Augen, um sich selbst und die Welt nicht zu sehen, um zu einem Nichts, um zu Finsternis zu werden. Robert schaute ihn an, sagte Filip, und äußerte, er habe nicht gewusst, dass er ein Dichter sei. Nur ein Dichter, meinte Robert, sagte Filip, sei in der Lage, den Rhythmus des Untergehens und des Auftauchens zu bemerken, den Sinn im Unsinn zu finden, was ihm, Robert, Mut mache, da er über der Sinnlosigkeit des eigenen Lebens verzweifele. Zum Glück habe Robert, sagte Filip, den Sinn im Rekonstruieren des eigenen Lebens gefunden und nicht erlaubt, dass ein

Scheißdiamantcollier aus seinem Leben und aus ihm selbst einen Haufen Lumpen machte, die der Wind langsam wegtrug. Wer das Leben rekonstruieren wolle, rekonstruiere natürlich in den meisten Fällen den Tod, denn gewöhnlich erinnere uns der Tod von jemandem an dessen Leben, was dazu beigetragen habe, sagte Filip, dass Robert die Gerichtsurteile zu den Unfällen anzweifelte, bei denen seine beziehungsweise ihre gemeinsame Schwester und seine beziehungsweise ihre gemeinsamen Eltern starben. Robert meinte, es sei doch merkwürdig, dass beide Fälle fast identisch waren, er wunderte sich, dass Filip das nicht aufgefallen sei, der in seinem Buch so darüber geschrieben habe, als handele sich um einen gewöhnlichen Tod. Kein Tod ist gewöhnlich, sagte ich. Natürlich nicht, gab Filip mir recht, dennoch finde er es seltsam, dass ihm diese Ähnlichkeit nicht aufgefallen sei. Die einzige Erklärung dafür könne in der Tatsache liegen, sagte Filip, dass er sich nie für Politik interessierte und sie daher einfach nicht beachtete, während Robert, aufgewachsen in einer stürmischen Epoche der argentinischen Geschichte, für die Politik und insbesondere für die Bestrebung der Herrschenden, sich der Zeugen zu entledigen, sensibilisiert war, und Zeugen einer Krise der regierenden Partei, sagte er, seien ihre Eltern nun in der Tat gewesen. Am deutlichsten habe man das bei der Beerdigung der Schwester erkennen können, habe Robert gesagt, bei der es mehr Polizisten in Zivil als Trauergäste gab. Es sei ihm nicht klar, sagte Filip, wie Robert all das erfahren und wen er diesbezüglich kontaktiert habe. Als er ihn danach fragte, legte der lediglich den Finger auf die Lippen. Später erklärte ihm Robert, ihre gemeinsame Schwester sei durch einen Irrtum gestorben, das rasende Todesfahrzeug habe eigentlich die Eltern zum Ziel gehabt, denn hätten sie die ganze Familie ausrotten wollen, wäre auch er, Filip, sagte Robert, jetzt nicht mehr am Leben. Roberts Worte, sagte Filip, ließen ihn an die Plastiktüte mit Fotos denken, die er, als er ins »Brioni« gekommen war, auf den Boden gelegt hatte. Als er sich bückte, um sie aufzunehmen, erblickte er neben Roberts Stuhl eine schwarze Reisetasche. Er wühlte kurz in der Tüte, nahm ein Foto aus dem Bündel und zeigte es Robert. Er gab keine Erläuterung dazu, sagte Filip, denn es war klar, dass auf dem Foto ihre Eltern waren, außerdem, sagte er, würde es ihn nicht wundern, wenn Robert auf der Suche nach seinen Wurzeln schon einmal Bilder von ihnen gesehen hätte. Seine Absicht war es auch nicht, ihm die Eltern zu zeigen, sondern den Zeigefinger auf das Collier an Mutters Hals zu richten. Sie beugten sich über das Foto, sagte er, und betrachteten das Collier. Ihre Köpfe berührten sich fast, und er konnte Roberts Atem hören. Er atmete ruhig und gelassen, aber tief in seinem Inneren vernahm man ein leises Kratzen, als führe man mit einer ganz feinen Feile über einen bereits glatt polierten Gegenstand. Als er sich darauf konzentrierte, sagte Filip, hörte er nichts mehr außer diesem leisen Kratzen, das immer lauter wurde und am Ende nicht mehr dem zarten Feilen, sondern eher einem Stahlgewitter ähnelte. Er sah zu Robert auf, aber dieser starrte das Collier weiter an, als könne er es mit seinen grauen Augen auslöschen. Dann berührte er mit den Fingerspitzen zuerst das Gesicht der Mutter, dann das des Vaters und zuletzt sein eigenes, als wollte er prüfen, ob sich deren Züge auf seinem Gesicht abgepaust hätten. Verfluchte Eltern, habe Robert dann gesagt, sagte Filip, sogar unsere Gesichtszüge gleichen sich. Ich brauchte ihn nicht so anzuschauen, sagte Filip, denn auch ihm sei nicht klar, wie Robert die Gesichtszüge der Eltern auf einem Foto ertasten konnte. Er selbst, sagte er, gab keinen Kommentar dazu ab, holte stattdessen neue Fotos hervor, neu für Robert natürlich, alt für alle anderen, auch für mich, sagte er, denn er habe sie mir zigmal gezeigt, vor allem in der Zeit, als er das Material für *Das Leben eines Verlierers* zusammentrug. Bald war der Tisch im »Brioni« ganz mit Fotos bedeckt, einige waren auf den Boden gefallen, und ein Kellner bückte sich, um sie aufzuheben. Eine schöne Frau, sagte der Kellner und legte das Foto zu den übrigen, sagte Filip, woraufhin Robert es wortlos zerriss, zunächst einmal und dann noch einmal und noch einmal, bis er nur noch Fetzen in den Händen hatte, mit denen nichts mehr anzufangen war. Da nahm auch er ein Foto, sagte Filip, eines, auf dem sein Vater ihn auf dem neuen Fahrrad hielt, und verfuhr mit ihm auf die gleiche Weise, und bald taten beide, Robert und er, nichts anderes, als Fotos in kleinste Teile zu zerreißen und von Zeit zu Zeit, mal der eine, mal der andere, »Verfluchte Eltern, verfluchte Eltern«

zu wiederholen. Der Tisch, der zuvor mit Fotos bedeckt war, wurde zu einem mit zerrissenen Fotos bedeckten Tisch, sagte Filip. Sein ganzes Leben, sagte er, lag dort in den Fetzen von Schwarzweiß- und Farbfotos, die niemand mehr hätte zusammenfügen können, vor allem nachdem Robert zwei Handvoll Schnipsel in die Luft geworfen hatte und, während diese auf ihre Köpfe und Schultern herunterrieselten oder auf den Boden fielen, ausrief: »Schnee, Schnee!« Dann nahm auch er, sagte Filip, eine Handvoll dieser Fotoschnipsel, schleuderte sie in die Luft und rief, das Gesicht zur Decke gerichtet, aus: »Schnee, verfluchte Eltern, Schnee!« Ihr Schreien und Jubeln hätte zweifellos noch lange gedauert, wäre nicht derselbe Kellner gekommen, um sie zu bitten, etwas leiser zu sein, was sowohl Robert als auch ihn wütend machte, und so schwiegen sie lange grimmig und stocherten lustlos in den übrig gebliebenen Fetzen. Während Fotoschnipsel durch seine Finger glitten, sagte Filip, stieß er auf einen Teil des Gesichts seiner Schwester und verspürte einen stechenden Schmerz, nicht in sich, sondern zwischen sich und Robert. Er war nicht überrascht zu sehen, dass auch Roberts Gesicht sich verdüsterte. Es war derselbe Schmerz, sagte Filip, so wie die Schwester für sie beide dieselbe war, wenngleich Robert sie nie gesehen hatte. Er reichte ihm den übrig gebliebenen Teil ihres Gesichts und sagte, dies sei das schönste Bild, das ihm aus der Kindheit in Erinnerung geblieben sei, jener Augenblick, wenn ihr Gesicht langsam in sein Blickfeld kam, immer heiter, mit Augen wie Glut. Plötzlich war das ausgeblieben, und sie war nie mehr erschienen, weder wenn er lag noch wenn er stand, und auch nicht, wenn er auf der Suche nach ihr im städtischen Park umherirrte. Robert hörte ihm kopfnickend zu. Verfluchte Eltern, sagte Filip, arme Schwester, Robert schloss die Augen, begann zu schaukeln und summte dabei: »Arme Schwester, arme Schwester, arm, arm.« Da kündigte sich bereits das an, was später kommen sollte, sagte Filip, aber zu dem Zeitpunkt deutete noch nichts auf eine solche Entwicklung hin. Wir übersehen oft Elemente, die uns eine Veränderung ankündigen, ein Weggehen oder ein Kommen oder ein Verharren, sagte er, und benehmen uns so, als interessiere uns die Reihenfolge der Ereignisse überhaupt nicht. Eigentlich, sagte er, wissen wir nicht, an wen wir uns wenden, wen wir in uns und wen außerhalb von uns suchen sollen. Wir fragen uns immerzu, ob Gott oder die Natur oder wir selbst etwas damit zu tun haben, aber Fragen, die man oft wiederholt, verwandeln sich in unverständliche Antworten. Daher stellen wir gern fest, dass weder Gott noch die Natur, noch wir selbst etwas damit zu tun haben, obwohl etwas Viertes nicht möglich ist. Schließlich sehen wir ein, dass jemand verantwortlich sein muss, aber uns liegt nur daran, dass nicht wir es sind. Das kann Gott, das kann die Natur sein, aber nicht wir, sagte er, wir auf keinen Fall. Das ganze Leben flüchten wir vor der Verantwortung für unser Leben, als lebten wir für jemand anderen und nicht für uns selbst. Ständig reden wir von der Schnelligkeit, sagte er, aber das Leben hat nichts mit Schnelligkeit zu tun, das Leben ist die Verkörperung der Langsamkeit, sobald wir schneller werden, entfernen wir uns vom Leben, werden wir langsamer, rücken wir näher heran. Inzwischen, sagte er, hatte Robert alle Schnipsel auf den Boden geschmissen. Auf dem Tisch blieben nur zwei wie durch ein Wunder verschonte Bilder. Auf dem größeren war die ganze Familie abgebildet, sagte Filip, so wie sie war, bevor der Briefträger ihm den Brief gebracht und damit sein ganzes Leben verändert hatte, auf dem kleineren war er allein zu sehen, wie er in kurzen Trägerhosen eifrig im Sand grub und ihn in einen kleinen Eimer schaufelte. Er holte die Fotos näher und fragte Robert, wo seine Fotos seien. Robert hob seine Tasche auf und nahm ein kleines Plastikalbum mit zwei Dutzend Fotos heraus. Auf allen war nur er zu sehen: Er stand oder saß vor verschiedenen Gebäuden, auf Kais, in Parks, neben Springbrunnen, zwischen Bäumen. Keine Spur von verfluchten Eltern, sagte Filip, was er sich gleich habe denken können, obwohl Roberts Eltern eigentlich nur eine Imitation von Eltern waren und er ihnen nichts vorzuwerfen hatte. Im Gegenteil, wenn er überlege, sagte Filip, konnte Robert diesen Ersatzeltern nur dankbar sein, denn sie hatten ihm ein ruhiges und sicheres Leben in Buenos Aires ermöglicht. Im Vergleich zu Robert, sagte Filip, sei er ein gewöhnlicher Provinzler, der es nicht einmal bis zu den Belgrader Vororten schaffte, von Südamerika ganz zu schweigen. Buenos Aires bleibe für ihn nur ein Traum. Dann habe sich Robert nach dem

Diamantcollier erkundigt: Er wollte wissen, wo es sei, welchen Wert es habe, was Filip mit ihm vorhabe und schließlich, wann er es sehen könne. Bei diesen Fragen, sagte Filip, sei seine Stimme etwas lauter geworden, aber er habe dem keine Aufmerksamkeit geschenkt, schließlich gebe es viele Gründe, weswegen die Stimme lauter und rauer werden könne; später jedoch machte er sich Vorwürfe, weil er nicht sofort reagiert und nicht jedes Gespräch über das Collier unterbunden hatte. Er hatte auch gar nicht geahnt, dass das Collier zum Streitobjekt werden könnte, vor allem weil es für ihn nicht wichtig war und weil er nicht wie Robert in ihm das Symbol des Verrats sah. Er kannte nicht einmal seinen Wert und bewahrte es in einer Blechdose für Kekse auf. Wenn er die Dose aufmachte, was sehr selten vorkam, dachte er an die mit Schokolade überzogenen Kekse, die sich darin befunden und die er mit Genuss aufgegessen hatte, und nicht an das Collier. Daran, sagte er, denke er jetzt, da er nicht mehr an die Kekse denke, aber die Dose könne er ohnehin nicht öffnen und an ihr schnuppern, da sie inzwischen in einem Safe stecke, wo sie, das sehe er ein, von Anfang an hätte aufbewahrt werden sollen. Er nahm also, sagte Filip, die Veränderung in Roberts Stimme nicht wahr, jetzt sei er sogar überzeugt, dass der raue Ton etwas später, als das Gespräch eine andere Richtung nahm, völlig verschwunden war. Er wusste nicht mehr, wie ihre Unterhaltung weitergegangen war, vielleicht sprachen sie über die globale Klimaveränderung, heutzutage redeten alle davon, oder darüber, wie lange die Reise von Sydney nach Belgrad dauerte, er erinnere sich nur, dass Robert vorschlug, etwas zu essen. Sie riefen den Kellner, und da erlebte Filip eine weitere Überraschung. Als er nämlich nach Kutteln fragte, schüttelte sich der Kellner und begann Speisen aufzuzählen, deren Namen italienisch, französisch und, falls er richtig gehört habe, spanisch klangen. Also, sagte er, nachdem der Kellner seinen Vortrag beendet hatte, Kutteln haben Sie nicht, und sah wieder, wie dessen Körper erzitterte. Der Kellner bat ihn, sagte Filip, dieses Wort nicht mehr zu erwähnen, weil er Angst habe, dass ihm vom vielen Zucken der Atem stocke. Daraufhin gab er dem Kellner zu verstehen, sie würden noch überlegen, bedankte sich bei ihm und beugte sich zu Robert, aber bevor er etwas habe sagen können, war der Kellner wieder zurück und sagte, er habe vergessen, Tatar zu erwähnen. Er starrte ihn an, sagte Filip, als habe er das lang ersehnte Losungswort ausgesprochen, und am Ende musste er ihm bedeuten, sich zu entfernen. Schon lange habe er keinen so aufdringlichen Kellner mehr erlebt, sagte er, der nicht einmal aufdringlich rede, sondern aufdringlich die Stille nutze. Nichts sei so unangenehm, sagte er, als wenn dich jemand anglotzt, ohne etwas zu sagen, oder nur zwinkert, so dass du erwartest, er werde jeden Augenblick etwas sagen, er jedoch schweigt wie ein Grab. Als er weg war, beugte sich Filip zu Robert und fragte ihn, warum er für ihr Treffen das »Brioni« ausgesucht habe. Es stellte sich heraus, sagte Filip, dass Robert, als er nach seinen leiblichen Eltern suchte, von jemandem erfuhr, er könne ihn, Filip, immer im »Brioni« finden, aber jetzt, da er endlich im »Brioni« sitze, habe Robert gesagt, frage er sich, warum Filip Tag für Tag ein solches Restaurant aufsuche. Robert war der Ansicht, sagte Filip, Künstler bevorzugten ungepflegte, düstere Lokale mit heimischem Schnaps und fetten Speisen. Das stimme, habe Filip ihm geantwortet, aber gar nicht erst versucht, ihm zu erklären, wie das »Brioni« früher aussah und wie viel Zeit er auf der Toilette verbracht habe, die jetzt auch anders aussah. Auf einmal fragte er sich, sagte Filip, was sie beide in diesem Restaurant verloren hätten, wo man ihnen Tatar und andere Leckereien anbiete und sie daran hindere, wichtigen Fragen der Familie, der Herkunft und der Wahrheit nachzugehen, die eigentlich der Grund ihres Treffens waren. Heimlich wollte er einen Blick auf die Uhr werfen, sagte er, aber er trug nie eine Armbanduhr, und Roberts Uhr, falls er eine trug, konnte er nicht sehen. In der Hoffnung, eine Wanduhr zu entdecken, sah er sich um, fand aber keine, obwohl er meinte, ein Ticken zu hören. Offenbar, sagte er, bedeute die Zeit den Menschen nicht mehr viel, was sich auch darin niederschlug, dass kein Gast, der schon vor ihm im »Brioni« war, das Lokal verlassen hatte, mit Ausnahme des Mädchens mit den in Zellophan eingewickelten Rosen, das jedoch kein Gast war. Das Mädchen war gekommen und gegangen, die anderen blieben sitzen. Die Kellner räumten von Zeit zu Zeit leere Gläser, Tassen und Teller weg, trugen die Bestecke fort, kehrten Brotkrümel von den Tischen, aber jedes Mal, wenn alles in Ordnung gebracht war, gaben die Gäste neue Bestellungen auf, und im Handumdrehen füllten sich ihre Tische wieder mit vollen Gläsern und Tassen, verschiedenen Schüsseln und Tellern, als wären alle dazu verurteilt, ständig dasselbe Mahl zu wiederholen. Er war nicht sicher, sagte er, ob diese Beobachtung Robert interessierte, deshalb teilte er sie ihm auch nicht mit. Im Unterschied zu ihm, sagte Filip, hatte Robert vielleicht wirklich Hunger, und es gab keinen Grund, ihn daran zu hindern zu essen, worauf er Lust hatte. Die Kutteln, derentwegen er, sagte Filip, beschlossen hatte, nichts anderes zu bestellen, hätten ihm wahrscheinlich nicht geschmeckt, aber niemand hätte ihn daran gehindert, ein Gericht mit französischem Namen oder wenigstens den überbackenen Käse zu bestellen. Robert winkte ab: Wenn er, Filip, nichts esse, werde auch er, Robert, nichts zu sich nehmen, dies sei wenigstens eine klare Sache, die man ohne Taschenrechner lösen könne. Wenn sie bis dahin noch nicht zu Mittag gegessen hätten, bräuchten sie es jetzt auch nicht mehr zu tun. Da erinnerte er sich, sagte Filip, aus wer weiß welchem Anlass an Roberts Diplomarbeit über Jorge Luis Borges und fragte ihn, ob er sie mitgebracht habe. Robert griff in die Tasche und nahm ein Manuskript in festem Einband heraus: Auf der Titelseite stand »Jorge Luis Borges, ein argentinischer Schriftsteller«. Das Manuskript war in spanischer Sprache geschrieben, aber es gab eine ausführliche Zusammenfassung in Englisch, und so hoffte Robert, sagte Filip, dieser

Teil werde ihm verständlich sein. Für ihn, sagte Filip, habe Borges natürlich keine Bedeutung mehr. Er habe vor längerem zwei Bände mit Erzählungen gelesen, die ihm mit der Zeit alle gleich vorgekommen waren, alle unrealistisch und äußerst gekünstelt, aber das sagte er Robert nicht. Er blätterte in der gebundenen Diplomarbeit und nickte mit Kennermiene, vor allem, wenn er auf eine Illustration stieß. Dann klappte er das Heft zu und fragte Robert, ob er auch Bücher schreibe. Robert bückte sich, wühlte ein wenig in der Tasche und holte zwei Taschenbücher heraus. Meine Romane, erklärte Robert, sagte Filip, und knallte sie auf den Tisch. Robert habe auch einen Band mit Erzählungen veröffentlicht und einen mit Prosagedichten, sagte Filip, hatte sie aber nicht dabei, was gut war, da schon die beiden Romane dicker waren als alles zusammen, was er, Filip, bisher geschrieben hatte. Der eine hieß *Der Schiffbruch*, sagte er, der Titel des anderen lautete *Hinter der Mauer*. Er habe ihm auch die Titel weiterer Bücher genannt, sagte Filip, aber er versuchte nicht, sie zu behalten, weil er einen bösen Eifersuchtsstachel verspürte beim Gedanken daran, wie ärmlich das Exemplar von *Das Leben eines Verlierers*, das sich in seiner Plastiktüte befand, neben diesen beiden Romanen im Taschenbuchformat aussehen würde. Bei näherem Hinsehen hätte sogar die Tatsache, dass Robert eine Ledertasche bei sich hatte und er nur eine Plastiktüte, ein Grund zur Eifersucht sein können, wenn er sie vorher bemerkt hätte. Im Allgemeinen, sagte er, sei Voraussetzung für die Eifersucht, dass man auf eifersüchtige Weise denke, genauer gesagt, man müsse zunächst den Gegenstand der Eifersucht ausmachen, erst dann komme die Eifersucht, und je mehr man über diesen Gegenstand oder über diese Person nachdenke, umso eifersüchtiger werde man. So dachte er, sagte er, immer mehr an sein dünnes Buch neben diesen beiden dicken und wurde dadurch immer eifersüchtiger. Seine Eifersucht war so stark, sagte er, dass er glaubte, Flammen züngelten aus seinen Nüstern, und Robert, der ruhig dasaß und darauf wartete, seine Bücher zurückzubekommen, habe das auch bemerkt. Es sei merkwürdig, sagte Filip, zum ersten Mal im Leben treffe er den eigenen Bruder, den Menschen, von dessen Existenz er keine Ahnung hatte, und das einzige Gefühl, dessen er sich absolut sicher sein könne, sei Eifersucht. Er hätte ihn auf der Stelle vor den Augen aller erwürgen können, sagte er, so heftig war seine Eifersucht plötzlich entflammt, und um diesen Gedanken loszuwerden, stand er unvermittelt auf. Als Robert das sah, stand er ebenfalls auf, sagte Filip, aber als er Robert stehen sah, setzte er sich wieder hin. Sobald er sich jedoch hinsetzte, verspürte er wieder die Eifersucht in sich aufsteigen und beeilte sich, wieder aufzustehen. Während er sich aufrichtete, sah er, dass Robert sich wieder hinsetzen wollte, was ihn bewog, sich auch wieder hinzusetzen. So setzten Robert und er sich zur großen Gaudi des »Brioni« abwechselnd hin und standen wieder auf. Alle Gäste und Kellner sahen und kommentierten ihr Tun, und als Robert und er sich schließlich zur gleichen

Zeit hinsetzten, wunderte er sich ernsthaft, dass kein Beifall aufbrauste. Mit großer Zufriedenheit stellte er fest, sagte er, dass Robert mehr als er aus der Puste gekommen war, dass auf seiner Stirn Schweißperlen standen und seine Finger, mit denen er die Bücher nahm, die Filip ihm zuschob, ein wenig zitterten. Er hingegen, sagte Filip, hatte alles spielend gemeistert. Hätte ihn jemand aufgefordert, noch zwanzig Mal aufzustehen und sich hinzusetzen, hätte er nicht gezögert, es zu tun. Er hätte sich, ohne zu ermüden, auf und ab bewegt, bis er das Soll erfüllt hätte. Während Robert keuchte, fühlte er sich als Sieger, sagte Filip, das sei für ihn tröstlich gewesen und habe ihm nach dem Eifersuchtsausbruch gutgetan. Eifersüchtig zu sein auf jemanden wie mich, den Menschen, der ihm beim Schreiben von *Das Leben eines Verlierers* so viel geholfen habe und der ganz bestimmt ein besserer Schriftsteller sei als er, sei eine Sache, sagte er, eine ganz andere jedoch, auf jemanden eifersüchtig zu sein, den man als Schriftsteller nur deshalb nicht schätze, weil er dickere Bücher schreibt, und der nebenbei der eigene Bruder ist. Vielleicht, sagte er, wäre er auf Robert gar nicht eifersüchtig, wenn er nicht sein Bruder wäre? Vielleicht sollte er ihn zunächst verleugnen und sich erst dann diese beiden Romane im weichen Einband anschauen? Aber wie sollte er ihn verleugnen, wenn er offiziell noch nicht sein Bruder war? Was sage sein Herz dazu, was sage es wirklich, sein Herz, das so stark schlug, wenn sich das liebe Gesicht der Schwester über sein Kinderbett neigte?

Vielleicht sollte er sich auf den Boden legen, und Robert sollte sich heimlich an ihn heranrobben und sich, wenn er am wenigsten damit rechne, über ihn neigen und langsam, in seinen Gesichtskreis kommen, langsam aber stetig, bis er sein ganzes Blickfeld ausfülle? Unglaublich, sagte er, aber manchmal seien wir nicht in der Lage, anders als in Fragen zu reden. Zunächst reden wir stundenlang, ohne eine einzige Frage zu stellen, und plötzlich verwandle sich binnen weniger Sekunden alles, was wir sagen, in eine Frage. Das Schlimmste dabei sei, sagte er, dass keiner diese Fragen beantworten könne, er sie also vergebens stelle, obwohl man genauso sagen könne, dass nichts vergebens sei, jede Frage finde ihre Antwort, man brauche nur Geduld und Inbrunst. Inzwischen hatte Robert sich beruhigt, sagte Filip, er atmete wieder normal, seine Stirn war nicht mehr schweißbedeckt, und er packte seine Bücher wieder in die Tasche. Da hielt er plötzlich inne, sah ihn an und fragte: »Wo also steckt das Collier?« Er traute seinen Ohren nicht, sagte Filip, nach allem, was geschehen war, kam er auf das Collier zurück, auf jenes, das er als Scheißcollier bezeichnet hatte, als er erzählte, wie die Eltern ihn verkauft hätten. Die verfluchten Eltern, sagte er, Filip, Robert indes hob die Hand, um den Kellner herbeizuwinken, und sagte: »Es wird Zeit, darauf einen zu trinken.« Als er das hörte, sagte Filip, bekam er es mit der Angst zu tun. Während der Vorbereitung auf das Treffen mit Robert hatte er daran gedacht, dass so etwas passieren könne und er früher oder später in die

Versuchung kommen werde, die er schon spürte, als er dessen Brief bekam. Da hinderten ihn die in seiner Wohnung angehäuften Möbel daran, zu der Flasche mit dem Kognak zu greifen, aber hier, im »Brioni«, war die Herausforderung größer und die Möglichkeit zur Abwehr geringer. Bei solchen Gelegenheiten, wenn auf etwas getrunken wird, kann man zwar nur am Glas nippen, man muss das angebotene Glas nicht bis zur Neige leeren, aber die Tatsache allein, dass er ein mit Alkohol gefülltes Glas in der Hand halte, könnte genügen, ihn zu verunsichern. Das ganze Geschehen war vor allem dadurch absurd, dass es sich im »Brioni« abspielte, der übelsten aller Kneipen, in der er einst seinen eigenen Sauftisch hatte; über seine immer ausgedehnteren Aufenthalte auf der dortigen Toilette könne er ein ganzes Buch schreiben. Es kam also dazu, sagte er, dass er gerade dort, wo er einst beschlossen hatte, mit dem Trinken aufzuhören, mit der Herausforderung konfrontiert wurde, wieder zu trinken. Inzwischen war der Kellner da, Robert bestellte einen Wodka, beide schauten dann ihn an, und er, Filip, sagte schnell, vielleicht zu schnell: »Pelinkovac.« Sofort fragte Robert, was ein Pelinkovac sei, sagte Filip, und der Kellner und er hätten sich darin überschlagen, ihm den Geschmack dieses vom Wermut bitteren Schnapses zu beschreiben, der, wie der Kellner sagte, aus dem Extrakt von mehr als zwanzig verschiedenen Kräutern bestehe. Bei dem Gedanken an diese Bitterkeit, sagte Filip, bei der er sich immer zuerst geschüttelt und danach die den Magen wärmende Glut genossen habe, verkrampften sich seine Bauchmuskeln. Robert erklärte darauf, sagte Filip, er wolle doch keinen Wodka, sondern ebenfalls einen Pelinkovac nehmen, wonach es ihm, Filip, leichter gefallen sei zu sagen, er wolle doch keinen Pelinkovac, sondern stattdessen einen Sliwowitz bestellen. Wenn er etwas hasse, sagte er, dann Sliwowitz, und wenn er ein wenig daran nippe, könnte ihn keine Macht dieser Welt dazu bringen, das Glas runterzukippen. Selbst als er dem Alkohol verfallen war, sagte er, trank er keinen Sliwowitz, es gab also keinen Grund, ihn jetzt, da er trocken war, zu trinken. Der Kellner ging die Getränke holen, da fragte Robert ihn wieder, wo sich das Collier befinde. Seine Stimme sei ein wenig rauer geworden, wie schon einmal, sagte Filip. Er dachte an die Blechdose mit den Schokoladekeksen und versuchte sich das Collier vorzustellen, das dort aufbewahrt war, hatte aber nichts anderes vor Augen als diese Kekse und den kleinen Trommler, der in die Schokoladenschicht eingeprägt war. Er sah schon den Kellner mit dem Tablett und zwei Gläsern darauf kommen und sagte: »An einem sicheren Ort.« Er zweifele immer noch, ob das Folgende wirklich passiert sei: Der Kellner hatte den Tisch fast erreicht, Filip räumte hilfsbereit die herumliegenden Gegenstände beiseite, als Robert plötzlich einen Schrei ausstieß. An einem sicheren Ort, schrie Robert, sagte Filip, natürlich an einem sicheren Ort, aber wo, wo, wo? Sein Gesicht war puterrot, sogar seine Hände waren gerötet, dann begann er mit den Fäusten auf den Tisch zu trommeln, dass die Gläser, die der Kellner hingestellt hatte, als sei alles in Ordnung, in die Höhe sprangen, eins kippte sogar um, und die Flüssigkeit rann direkt auf den Kellner zu. Dieser versuchte schnell, sie mit seiner Serviette aufzuhalten, aber schließlich trat er doch zurück und ließ sie auf den Boden tropfen. Ein Tropfen, das sah Filip, als er sich über den Tisch beugte, landete auf seinem rechten Schuh, erzitterte dort, löste sich dann aber, als der Kellner einen Schritt zurück machte, und lief Richtung Sohle. Er sei sich nicht sicher, sagte Filip, ob er Roberts Gesichtsausdruck wirklich beschreiben könne. Es wäre einfach zu behaupten, dass es Hass war, aber was sich auf diesem Gesicht zeigte, war weit mehr als Hass. Vielleicht war es der Ausdruck des reinen Bösen, falls das Böse überhaupt rein sein könne, sagte Filip, aber verharrte nicht lange. Bald trat Roberts zwar noch etwas schiefer, aber völlig ruhiger, gewöhnlicher Gesichtsausdruck an die Stelle. Er kam zu sich, blickte umher, zuckte mit den Schultern und fuhr sich durchs Haar, als sei nichts geschehen. Er hoffte, sagte Filip, Roberts Ausfall sei kein Hinweis darauf gewesen, dass er fortgehen wollte, der jedoch lächelte nur, und als der Kellner neue Gläser brachte, lud er ihn ein, mit ihnen anzustoßen. Sie warteten ab, bis der Kellner mit seinem Glas kam, sagte Filip, dann hob Robert das Glas mit Pelinkovac und sagte mit kaum vernehmbarer Stimme, die sich gewaltig von dem Schrei von zuvor unterschied: »Auf die verfluchten Eltern, in der Hoffnung, dass es solche bald nicht mehr gibt.« Dann trank er den Pelinkovac aus und schnalzte mit der Zunge, sagte Filip, während er selbst das Gläschen mit Sliwowitz an die Lippen führte und es gleich wieder absetzte, so widerlich sei dessen Geruch gewesen. Hätte er wirklich am Sliwowitz genippt, hätte er sich gleich erbrochen. Er hätte es nicht einmal bis zur Toilette geschafft, es auch gar nicht versucht, sondern sich hier, vor allen Leuten, vornübergebeugt und nur die Füße etwas auseinandergenommen, um seine Schuhe zu schonen. In jedem Fall, sagte er, konnte er aufatmen, obwohl die Versuchung keine echte Versuchung war, etwas Besseres, sagte er, hätte ihm nicht passieren können. Inzwischen bestellte Robert noch einen Pelinkovac und kippte ihn, kaum hatte der Kellner ihn auf den Tisch gestellt, sofort runter. Dann beugte er sich zu ihm herüber, sagte Filip, und bat mit erstickter Stimme, seine Ausschreitung von vorhin nicht falsch zu verstehen. Aber wie solle er sie verstehen, wollte Filip wissen, worauf Robert eine lange und umständliche Erklärung abgab über den Druck, der auf ihm laste und unter dem er, wie er sagte, ächze seit dem Tag, an dem er von seinen echten Eltern sowie dem Bruder und der Schwester erfuhr und begann, über eine Begegnung mit ihnen nachzudenken. Damals wusste er nicht, fügte Robert hinzu, als wolle er sich rechtfertigen, sagte Filip, dass sowohl ihre Schwester als auch ihre Eltern nicht mehr am Leben waren, und hatte der Schwester sogar, obwohl er inzwischen *Das Leben eines Verlierers* gelesen hatte, ein Geschenk mitgebracht, ein Souvenir aus Australien, nichts Besonderes, er hatte nur gedacht, dass ihr, wäre sie noch am Leben, ein geschnitzter Bumerang gefiele, so wie er glaubte, das Filip Spaß an einem Plüschkoalabären hätte. Er bückte sich, sagte Filip, griff in die Tasche, nahm daraus einen Koalabären aus Plüsch und setzte ihn auf den Tisch. Den Bumerang holte er nicht raus, sagte er, und erwähnte auch kein Geschenk für die Eltern, was angesichts seiner Meinung über die Nutz- und Sinnlosigkeit aller Eltern auch nicht zu erwarten war. Robert streckte den Zeigefinger aus, sagte Filip, tippte damit gegen den Plüschkoala, der daraufhin umkippte. Auf dessen Hinterteil klebte ein Etikett, auf dem *Hergestellt in China* stand. Alles fabriziert man heutzutage in China, habe er gesagt, und Robert stimmte ihm zu. Wahrscheinlich sei auch der Bumerang in China hergestellt, sagte Filip, und Robert nickte, holte aber den Bumerang nicht aus der Tasche. Er griff nicht einmal danach. Auf einmal, sagte Filip, wirkte er müde und erschöpft, als hätte er seit Tagen nicht geschlafen, was auch der Fall sein konnte, wenn man die Zeitzonen und die lange Reise von Australien nach Serbien berücksichtige. Jeder, der eine solche Reise durchhalte, sagte Filip, sei in seinen Augen ein Held. Ihm genüge, dass auf einem ganz kurzen Flug, etwa von Belgrad nach Tivat, das Flugzeug ein einziges Mal in ein Luftloch sacke oder in leichte Turbulenzen gerate, und schon müsse er mehrere Tage in einem verdunkelten Zimmer das Bett hüten, als litte er an Migräne. Nichts habe eine solche Wirkung auf ihn, sagte er, wie das Fliegen, nichts rufe bei ihm eine so große Angst hervor wie der Start und noch mehr die

Landung, insbesondere wenn das Flugzeug unstabil sei und wie ein Schiff auf dem Meer schaukele. Er werde nie nach Australien oder Amerika reisen, sagte er, denn ein mögliches Wackeln des Flugzeugs über einem Meer oder dem Ozean würde er nicht überleben, und wenn doch, wäre er danach für Tage krank, unfähig, sich zu bewegen oder zu sprechen. Deshalb habe er großen Respekt vor Menschen, sagte er, die wie Robert eine solche Reise durchstehen und danach mit anderen Menschen normal verkehren. Er, sagte er, würde nach einem so langen Flug nicht einmal sprechen, geschweige denn mit jemandem in einem Restaurant sitzen können, selbst wenn dieser sein gerade erst gefundener Bruder wäre. Robert fragte dann, sagte Filip, ob es angebracht sei, das Geschenk, das er für ihre Schwester mitgebracht habe, auf ihr Grab zu legen. Auf diese Weise wolle er sein Unwissen gutmachen, obwohl es nicht seine Schuld sei, dass er von ihrem Tod nichts wusste. Von ihrem schrecklichen Tod, fügte er hinzu, sagte Filip, denn obwohl jeder Tod schlimm sei, gebe es nichts Schrecklicheres als den von einem mit Vollgas fahrenden Auto verursachten Tod, das von einer unverantwortlichen oder angetrunkenen oder gar unter dem Einfluss eines verbotenen Stoffes stehenden Person gelenkt wird. In einem Augenblick, sagte er, bist du ein fröhliches Wesen, das neben der Straße hüpft, im nächsten schon eine unbewegliche Masse aus Gewebe und Zellen, die niemand mehr braucht. Arme Schwester, arme, arme, habe Robert wiederholt, sagte Filip, und dabei geschaukelt wie ein frommer Jude vor der Klagemauer. Plötzlich, sagte Filip, begriff er, dass er ihm nicht mehr trauen konnte, insbesondere wenn es um Gefühle ging, und während Robert schaukelte, dachte er daran, aufzustehen und wegzugehen. Dennoch sei er geblieben. Er wusste nicht, warum, aber er sei geblieben, sagte er. Robert schaukelte weiter, jetzt schon so heftig, dass der Stuhl unter ihm knarrte und quietschte und die Gäste sich wieder zu ihnen umschauten. Schließlich sah Filip sich genötigt, die Hand auszustrecken, Robert am Oberarm zu packen und mit energischer Stimme zu sagen: »Genug, jetzt reicht es aber wirklich.« Robert hörte auf zu schaukeln, öffnete langsam die Augen und sah für einen Augenblick aus wie jemand, der sich verirrt hat und nicht weiß, wo er ist, sagte Filip. Genug, jetzt reicht es aber wirklich, wiederholte er, worauf Robert ihn ansah und sagte: »Du glaubst mir überhaupt nicht.« Er denke nicht daran, ihm nicht zu glauben, sagte Filip, hörte aber fortan nicht mehr auf, an die Frage des Glaubens zu denken. Warum sollte er, sagte er, Robert glauben? Woher sollte er wissen, ob das wirklich Robert war und, falls er Robert war, ob das, was er ihm erzählte, sich wirklich zugetragen hatte? Bislang, sagte er, hatte Robert ihm keinen Beweis erbracht, kein Foto oder Dokument gezeigt, mit Ausnahme jener zwei Dutzend Fotos, auf denen er immer allein zu sehen war. Entgegen seiner früheren Behauptung, mehr dem Herzen als den Aussagen von Zeugen zu glauben, sagte Filip, wünschte er sich jetzt doch, etwas Konkretes zu sehen, was seine

Zweifel zerstreuen würde, so wie die Abendbrise die Wolken wegschiebt, hinter denen sich die untergehende Sonne versteckt. Robert sah ihn an, sagte er, ohne seine Kränkung zu verbergen. Dann schnaubte er, winkte ab, bückte sich, nahm aus der Tasche einen roten Ordner und blätterte wortlos darin. Er blätterte lange, sagte Filip, als sei es ein Telefonbuch, und schließlich legte er einen alten Umschlag vor ihn, aus dem jemand den Teil mit den Briefmarken ausgeschnitten hatte. Eine Weile starrten beide auf den Umschlag, sagte Filip, dann nahm er ihn und zog ein dünnes Blatt Papier heraus. Sofort, sagte er, erkannte er die Handschrift seines Vaters, sagte Robert jedoch nichts davon. Er nahm das Blatt und begann zu lesen. Kurzum, sagte er, in diesem Brief bestätigte sein Vater Roberts Geschichte, obwohl er sich offensichtlich bemüht hatte, nichts direkt zu erklären. Der Vater drückte in dem Brief die Hoffnung aus, sagte Filip, mit dem kleinen Engel sei alles in Ordnung und die lange Reise sei ihm gut bekommen. Veränderungen bekämen jedem, egal wie alt er sei, stand in dem Brief, und er werde darin keine Ausnahme sein. An Engel gewöhne man sich leicht, stand da weiter, man brauche nur ein paar Stunden oder ein paar Tage mit ihnen zu verbringen, und schon vermisse man sie. Wir vertrauen in Gott, habe da am Ende gestanden, sagte Filip, dass wir alle richtig gehandelt haben und bis zum Ende glücklich werden. Er dachte, er müsse in Tränen ausbrechen, sagte er, aber die Tränen kamen nicht, und am Ende lächelte er. Robert beobachtete ihn aufmerksam, nahm dann den Brief und steckte ihn in den Umschlag zurück. Hoffentlich sei jetzt alles klar, bemerkte Robert, und er nickte zum Zeichen der Bestätigung. Der Brief seines Vaters hatte in der Tat alles auf seinen Platz gerückt, die Zweifel zerstreut und zugleich teilweise das Geheimnis aufgehoben, das das ganze Ereignis umgab. Am Ende begriff er, sagte er, dass Robert wahrscheinlich die ganze Geschichte von seinen Zieheltern erfahren hatte, wohl zu der Zeit, als einer von ihnen am Ende seines Lebenswegs den Wunsch verspürte, sein Herz zu erleichtern. Er stellte sich vor, wie Robert sich behutsam dem erschöpften Vater oder der verwelkten Mutter nähert, auf die Knie fällt und nach der ausgestreckten Hand greift, die ihm entzogen und auf seinen Kopf gelegt wird. Er konnte nicht hören, was der Vater oder die Mutter sagte, sagte Filip, ahnte jedoch die schreckliche Erschütterung, die Robert erfasst haben musste. Auf einmal habe es nichts mehr gegeben, sagte er, sicher sei nur eine Leere geblieben. In solchen Augenblicken – fuhr Filip fort – fällt die Welt auseinander und es sieht aus, als sei sie nie mehr zu reparieren. Schaust du in den Spiegel, siehst du nichts, du fehlst, als wärest du nie dagewesen. So ist aber das ganze Leben, sagte Filip, und am Ende weißt du gar nicht, wozu es einen Anfang gegeben hat, du lebst aber wenigstens in dem Glauben, dass alles so ist, wie es aussieht, schlimm wird es allerdings, wenn man dir den Boden unter den Füßen wegzieht und du anfängst zu versinken. So sei es Robert ergangen, als er erfuhr, einen Bruder, und zwar einen älteren, zu haben, und so müsse er sich auch gefühlt haben, als er erfuhr, dass seine Eltern nicht seine Eltern waren und dass man ihn für eine Handvoll Klunker verkauft hatte. Er habe bewusst nicht gesagt, für ein Scheißcollier, sagte Filip, um bei Robert keinen neuen Zornausbruch auszulösen, aber eine so miese Tat bewirke, dass auch alles andere mies erscheine. Er hatte nie daran gedacht, sagte er, dass die Wahrheit über ihn und seine Familie anders sein könne, als er sie in *Das Leben eines Verlierers* beschrieben hatte; hätte er anders gedacht, hätte er ein solches Buch nicht verfasst. Jetzt werde er es ohnehin umarbeiten müssen oder, was vielleicht besser sei, ein neues Buch schreiben, in dem er und sein neu entdeckter Bruder im »Brioni« sitzen und versuchen, das Chaos, als das ihr Leben sich entpuppt hatte, zu ordnen. Ein Teil des Buches werde natürlich davon handeln müssen, dass das »Brioni« keine Spelunke mehr ist, sondern ein gehobenes Restaurant mit mehrsprachiger Speisekarte. Das werde eine gute Einleitung sein für den Teil, in dem er erkläre, warum ein gemeinsames Leben nicht möglich ist und warum ihnen nach allem nur noch das Chaos bleibt. Als er das renovierte »Brioni« betrat, konnte er nicht wissen, dass diese Veränderung der Anstoß für eine Reihe anderer Veränderungen sein würde, aber jetzt sei ihm klar, sagte er, dass alles miteinander verbunden ist und dass eine Verbesserung auf der einen eine Verschlechterung auf der anderen Seite bringt. Um irgendwo etwas hinzuzufügen, sagte er, müsse man anderswo etwas wegnehmen, auch das sei eine Rechnung, die man ohne Kenntnis der Mathematik bewältigen könne. Dies sei leicht zu lösen, was man nicht behaupten könne von dem Dilemma, das ihn schon da beschäftigte, nämlich was er über das Verhalten seiner Eltern schreiben solle. In *Das Leben eines Verlierers* wurden sie als unfehlbare und aufopferungsbereite Eltern geschildert, die ohne zu zögern ihr Leben riskiert hätten, damit es ihren Kindern möglichst gut ginge. Die Geschichte vom Collier und vom Verkauf des Kindes passte gar nicht zu diesem Bild, aber wenn er das verschweige, belüge er die Leser und sich selbst. Und auch Robert, sagte er, der mit halb geschlossenen Augen ihm gegenübersaß und ihn an eine große Katze erinnerte, die auf Beute lauerte. Bei diesem Licht besehen, sagte Filip, hätte er am liebsten von dem Ganzen Abstand genommen, konnte es aber nicht, weil das Rad schon angestoßen und das Pendel in Schwingung geraten war. Das Schicksal besitze eine eigene Logik, sagte er, da sei man machtlos, vor allem wenn es anfange, verrückt zu spielen, und eine Richtung einschlage, mit der niemand gerechnet habe. Während dieser Zeit, sagte er, war Robert bewundernswert ruhig, als sei er mit etwas ins Reine gekommen und habe dadurch die Gelassenheit wiedergefunden oder als habe er beschlossen, dass ihn nichts mehr angehen solle. Unglaublich, wie wir uns selbst Hindernisse in den Weg legen, sagte Filip, zuerst stirbt man vor Verlangen, dass etwas geschehen soll, dann stirbt man vor Verlangen, dass nichts geschehen soll. Welchen Weg man auch einschlägt, sagte er, immer ist man unzufrieden, Gegenstände fallen einem aus den Händen, die Erinnerungen schmelzen wie Eis in der Sonne, wo immer man geht, nichts ändert sich, als trete man auf der Stelle. Er habe Robert gefragt, sagte er, ob er auch manchmal das Gefühl habe, auf der Stelle zu treten, und der bestätigte das ohne zu zögern. Manchmal scheine ihm sogar, fügte Robert hinzu, sagte Filip, der Boden werde unter seinen Füßen hart wie Stein, so fest stampfe er auf, wenn er auf der Stelle marschiere. Während er das Geschirr abräumte, fing der Kellner wieder an, den Marsch aus dem Film *Die Brücke am Kwai* zu pfeifen, und sie mussten gleichzeitig lachen. Der Kellner schaute sie an, zuckte mit den Achseln und pfiff weiter, da stand Robert auf und begann, auf der Stelle zu marschieren. Er trat immer heftiger, sagte Filip, fuchtelte mit den Armen, hob die Knie und stampfte mit aller Kraft auf den Boden, kurz darauf trat er mit der Ferse so heftig gegen seinen Stuhl, dass er bis zum Nachbartisch rutschte, dann rempelte er ihren Tisch an, der nur dank seiner, Filips, schnellen Reaktion nicht umkippte, und schließlich stieß er solche Schreie aus, dass ihm das Blut in den Adern stockte. Er wisse, dass es übertrieben klinge, sagte Filip, aber diese Schreie seien wirklich angsteinflößend gewesen, so wie er sich früher, als er die Romane von Karl May las, die Schreie der Indianer auf der Jagd nach den Skalps der bleichgesichtigen Eindringlinge vorstellte. Er sei ganz sicher, sagte er, so seien die Schreie beschrieben gewesen, und ebenso sicher sei er, dass das Entsetzen, das Roberts

Schreie auslösten, echt war. Das ganze Lokal starrte sie wieder an, sagte er, auch die Köchin zeigte sich bald in der Durchreiche. Robert gab dann einen letzten Schrei von sich, der eher einem Winseln glich, und ließ sich auf den Stuhl fallen, der neben dem seinen stand. Roberts Stuhl lag immer noch umgekippt neben dem Nachbartisch, sagte Filip, und niemand machte Anstalten, ihn zurückzustellen. Er sah die Kellner miteinander tuscheln. An einem Tisch in der Ecke war offenbar eine heftige Diskussion ausgebrochen, ein Mann sprang immer wieder auf, doch die anderen zerrten ihn zurück und zwangen ihn, sich hinzusetzen, alle drehten sich immer wieder zu Robert, einer drohte ihm sogar mit erhobener Faust. Robert hatte inzwischen den Kopf auf den Tisch gelegt, zuerst die Stirn, dann die linke Wange. Er hechelte bei offenem Mund, man konnte deutlich seine Zunge und die Zähne sehen, sagte Filip, sowie ein dünnes Rinnsal Spucke an seinem Kinn. Seine Augen waren geschlossen, und hätte er nicht gewusst, dass er lebte, sagte Filip, hätte er ihn als tot abgeschrieben. In gewisser Hinsicht war er auch tot, vor allem für sein Herz. Am Anfang, sagte er, habe sich sein Herz gefreut und in seiner Brust gehüpft, als tanze es Hip-Hop, aber langsam wurde es müde, erkaltete und teilte ihm schließlich mit, er solle nicht mehr auf es zählen, so wie es seinerseits nicht mehr auf Robert zähle. Robert, Robert, wiederholte er für sich, warum hast du mich verlassen, aber Robert schwieg. Seine Augen waren immer noch geschlossen, nur ein leichtes Zittern des rechten Nasenflügels ließ ahnen, dass er atmete. Er streckte die Hand aus, sagte Filip, und legte sie auf Roberts Kopf. Er strich ihm die Haare glatt, spürte Schweiß an seinen Fingern, sah Haarbüschel zurückspringen. Robert stieß einen Seufzer aus. Einen so langgezogenen und tiefen Seufzer, sagte Filip, dass er wieder an den Tod denken musste. Natürlich nicht an den eigenen, sondern an Roberts Tod. Er habe sich Robert nicht wirklich tot vorgestellt, sagte er, keine Bilder beschworen. Er habe einfach den Satz »Robert ist tot« gedacht und ihn gesehen. Er habe den Satz gesehen, der endgültiger war als jedes Bild, denn nach diesem Satz gab es nichts mehr. Aber Robert war trotz des Satzes noch am Leben. Zunächst schloss er den Mund, dann öffnete er die Augen, danach hob er langsam den Kopf und sah um sich. Verfluchte Eltern, sagte er leise, sieh, was sie aus mir gemacht haben. Er dachte, sagte Filip, Robert würde in Tränen ausbrechen, und bereitete sich schon auf neue Unannehmlichkeiten und aufdringliche Blicke der Gäste vor, aber er lächelte ihn an und sagte, alles sei in Ordnung, insbesondere jetzt, da er nach jahrelanger Suche seinen Bruder gefunden habe. Es tue ihm nur leid, sagte Robert, sagte Filip, nicht schon früher gekommen zu sein, denn neben seinem Bruder zu leben, wäre für ihn viel schöner gewesen als in Australien oder Argentinien. Er erwiderte nichts darauf, sagte Filip, nicht weil er nichts zu sagen hatte, sondern weil er langsam schon alles leid war. In ihm brodelte das Blut des Verlierers, und anstelle des Satzes »Robert ist tot«, der ihn, das müsse er mir unbedingt sagen, sehr beruhigte, sah er den Satz »Robert hat mich betrogen«, der ihn, auch das müsse er mir gestehen, gleichgültig ließ. Wenn er daran denke, mit welcher Freude und Spannung er dieser Begegnung entgegengesehen hatte, was auch mir, sagte er, ja bekannt sei, könne er sich nicht genug über das Ausbleiben der Zuneigung wundern. Er wollte nur noch so schnell wie möglich weg, das »Brioni« verlassen, das ohnehin nicht mehr jene Kneipe war, die er kannte, und alles vergessen. Allerdings fragte er sich gleich, ob man den gerade entdeckten Bruder überhaupt vergessen könne. Das Herz träfe keinerlei Schuld, sagte er. Es habe sich zunächst gefreut, sich dann aber wie eine Schnecke in ihr Haus verkrochen und ehrlich bekannt, dass dieser Bruder, echt oder unecht, es nicht mehr interessiere. Offensichtlich, sagte Filip, interessierte dieser Bruder niemanden mehr, dann aber hörte er Lärm, drehte sich um und sah, dass der Mann, der sich mit seinen Tischgenossen gestritten hatte, endlich aufgestanden war und auf sie zukam. Unterwegs stieß er gegen Stühle und Tische, sagte Filip, man konnte jedoch nicht feststellen, ob er betrunken oder nur aufgeregt war. Er versuchte, ihn nicht zu beachten, aber der Mann machte an ihrem Tisch halt, taumelte ein wenig und hielt sich dann an der Rückenlehne des frei gebliebenen Stuhls fest. Das war der dritte, der leere Stuhl, sagte Filip, während der vierte immer noch umgekippt neben dem Nachbartisch lag. Hört mal zu, ihr Schwuchteln, brüllte der Mann, sagte Filip, es ist höchste Zeit, dass ihr von hier verschwindet. Er sei hier, um sich in der Gaststätte zu vergnügen, und nicht, um blödes Zeug zu hören und zu sehen. Wenn wir uns nicht ruhig verhielten, werde er uns eigenhändig rausschmeißen, also, sagte er, merkt euch das. Er konnte sich kaum auf den Beinen halten, sagte Filip, und geriet, als er sich umdrehte, ins Wanken, also beeilte er sich, ihn zu stützen. Der Mann aber stieß Filips Hände weg und sagte, mit Schwulen wolle er nichts zu tun haben. Er solle sich hüten, ihn anzufassen, sagte er, er habe keine Lust, sich mit irgendeiner Schwulenseuche anzustecken. Er kehrte zum Tisch zurück, an dem seine Leute saßen, und drehte sich nicht mehr um. Auch nicht, als Robert plötzlich rief: »Hey, mate! Fuck you, mate!« Damit jagte er ihm, Filip, mehr Angst ein als dem Mann, der wahrscheinlich kein Englisch verstand, obwohl man kaum glauben könne, dass jemand den bekanntesten Kraftausdruck der englischen Sprache nicht kenne. Er versuchte, sagte Filip, Robert zu erklären, wie gefährlich es ist, solche Menschen auf diese Weise anzusprechen, vor allem wenn sie betrunken sind, aber der hatte das schon als Sieg verbucht, und was Filip sagte, interessierte ihn nicht. Da habe er noch nicht gewusst, sagte Filip, dass alle Elemente der kommenden Ereignisse bereits vorhanden waren, dass die Richtungen, Überschneidungen, Unterschiede und wiederkehrenden Ähnlichkeiten vorbestimmt waren und es keine Möglichkeit mehr gab, einen anderen Weg einzuschlagen. Vor langer Zeit, sagte Filip, interessierte ihn das uralte chinesische *Buch der Wandlungen*, später aber, als er merkte, dass es ihm nur so viel Freiheit einräumte, wie nötig war, damit er geduldig dem Himmel und der Erde diene, ließ er davon ab. Ja, sagte er, vordergründig sprach alles dafür, dass man Herr seines Schicksals ist, dass man es ändern und den eigenen Bedürfnissen anpassen kann, aber das ist alles nur Illusion. Das ganze Schicksal ist Illusion, sagte ich, weil ich mich nicht mehr zurückhalten konnte. Filip blickte mich überrascht an, als wüsste er nicht, dass ich da war. Ja, sagte er, wahrscheinlich hätte ich recht, nein, ich hätte bestimmt recht, obwohl er eher an eine begrenzte Möglichkeit glaube, das Schicksal zu kontrollieren. Bis zu einer gewissen Grenze entschieden wir selbst, sagte er; jenseits dieser Grenze entscheide jemand anderes für uns. Die Kunst bestehe darin, die Grenze zu erkennen und an deren Festlegung mitzuwirken. Dies, sagte er, wollte er Robert erklären, aber wieder dachte der nicht daran, auf ihn zu hören. Das Schicksal interessiere ihn nicht, habe Robert schroff erwidert, und Typen wie dieser verstünden nur eine Sprache. Robert holte Luft, aber noch bevor er etwas sagen konnte, sagte Filip, hielt er ihm mit der Hand den Mund zu. Roberts Augen kreisten eine Weile über Filips Hand, wurden dann ruhig, und zwar nicht nur die Augen, der ganze Körper schien schlaff zu werden, schrumpfte irgendwie zusammen und versank im Stuhl. Innerhalb von Sekunden verwandelte sich der freche Flucher in einen besiegten Zwerg, und zwar aus unbekannten Gründen, was Filip zusätzlich belastete. Noch immer einen unkontrollierten Wutausbruch Roberts fürchtend, sagte er, nahm er vorsichtig die Hand weg. Es passierte nichts. Auf seinem Stuhl zusammengesunken, sah Robert wie eine Reklame für ein Antidepressivum aus, es fehlte nur noch der Text, dass dieses Medikament gegen Verzweiflung gute Laune garantiere. Filip betrachtete den niedergeschlagenen Robert, und während er von Ahnungen heimgesucht wurde, für die er keine Erklärung hatte, was ihn zusätzlich nervte und sein allgemeines Unwohlsein verstärkte, fiel ihm Aristoteles ein. Wenn die Erwähnung von Aristoteles schon mich verwirre, wie er gerade an meinem Gesicht sehen könne, sagte er, könne ich mir vorstellen, wie es ihm ergangen sei. Der Bruder, den er zum ersten Mal im Leben sah, verschwand langsam vor seinen Augen, und er suchte die Erklärung dafür im Nachdenken über Aristoteles. Etwas stimmte da nicht, sagte er, er hätte sich zur Ordnung rufen müssen, aber schon war es zu spät, schon evozierte er Teile von dessen *Poetik*, und bald sah er sich und Robert als Musterbeispiele in dem, was Aristoteles eine Tragödie nannte. Er konnte sich natürlich nicht an alle Gedanken von Aristoteles erinnern, seine Kenntnis der klassischen Antike sei immer unvollständig gewesen, sagte er, dafür war er aber sicher, dass man die Gäste und das Personal des »Brioni« als den Chor betrachten konnte, dass das »Brioni« die Bühne und die Mitwirkenden gleichzeitig auch die Zuschauer waren. Das war eine Aufführung, sagte er, die sich während der Entstehung selbst betrachtete. Er versuchte, Robert das zu erklären und ihn dadurch von seiner Ichbezogenheit abzulenken, aber der verstand ihn nicht oder wollte ihm gar nicht zuhören. Unmöglich, dass er Aristoteles nicht kannte, sagte Filip. Jemand, der sich mit dem Werk von Borges befasst, sagte er, müsste doch wissen, wer Aristoteles war, so wie er noch tausend andere schöpferische Menschen vom alten China bis zum heutigen Tag kennen müsste. Und er müsste die Grundthesen der *Poetik* kennen, die für die Begründung und Entwicklung aller Literaturen entscheidend waren. Während er von Aristoteles sprach, richtete sich Robert plötzlich auf, sah sich um, erhob sich, nahm den umgekippten Stuhl und brachte ihn an den Tisch. Irgendein Verrückter, bemerkte Robert, sagte Filip, habe den Stuhl umgeworfen und nicht zurückbringen wollen. Er stellte den Stuhl auf seinen Platz, ging ein paar Schritte zurück und betrachtete ihn so, wie man ein soeben an die Wand gehängtes Bild ansieht. Er war nicht ganz zufrieden, kam zurück, schob ihn zuerst nach links, dann nach rechts, setzte sich auf seinen Platz und sagte: Aristoteles ist schon interessant, aber er hat alles falsch interpretiert, die Entstehung der Poesie, die Rolle des Rhythmus, die Bedeutung der Nachahmung, die Notwendigkeit der Einheit von Zeit, Handlung und Ort. Was er anbietet, ist eine gewöhnliche Kulturdiktatur, die vorschreibt, dass ein gutes Werk so und nicht anders zu sein hat, und dies ist der schlechteste Rat, den man jemandem geben kann, der ein gutes Werk schreiben will, weil das nur auf eine einzige Art geschrieben werden kann, nämlich indem man alles zerstört, was nach der aristotelischen Logik als Zeichen für ein gutes Werk gilt. All das, sagte Filip, sprach er in einem Atemzug aus, ohne seinen Blick auf etwas Bestimmtes zu richten. Dann schaute er ihn lange und flehend an und fragte, ob er ihm jetzt sagen wolle, wo das Collier stecke. Er zögerte mit der Antwort, sagte Filip, aus Angst vor seiner Reaktion. Dann nahm er doch seinen ganzen Mut zusammen und sagte etwas gekünstelt, jedes Wort betonend, das Collier befinde sich an einem sicheren Ort, und Robert brauche sich keine Sorgen zu machen. Verfluchte Eltern, murmelte Robert, sagte Filip. Er bedeckte sein Gesicht mit den Händen, als schäme er sich, und sagte, den besten Aufsatz über die Eltern habe Aristoteles geschrieben, aber dieser Text sei wie fast alle seine Texte nicht erhalten geblieben. Darin, fuhr Robert fort, sagte Filip, rechne Aristoteles mit den Eltern ab wie mit Schmarotzern, die Kinder zur Welt bringen, nur damit diese sich um sie kümmern und dazu noch behaupten, die Kinder nützten sie aus. Robert glaube sogar, sagte Filip, dass alle Schriften von Aristoteles, zumindest in ihrer ursprünglichen Fassung, vernichtet worden seien, nur weil die Eltern seine Thesen über den Sinn der Elternschaft aus der Welt schaffen wollten und daher alles zerstörten, was ihnen in die Hände fiel. Und deshalb, meinte Robert, sagte Filip, da die Werke von Aristoteles keine Originale, sondern nur Nachahmungen seien, sei die unter ihrem Einfluss entstandene Literatur keine originäre, sondern nur eine elende Nachahmung. Nur einigen wenigen Schriftstellern, darunter auch Borges, sei es gelungen, sich dem tödlichen Einfluss von Aristoteles' diktatorischer *Poetik* zu entziehen und vom ersten bis zum letzten Buchstaben ursprüngliche Werke zu schaffen. All dies, sagte Robert, könne Filip in seiner Diplomarbeit über Borges nachlesen und in den Aufsätzen, die er für verschiedene Zeitschriften geschrieben habe und die sich in seiner Essaysammlung befänden. Dieses Buch habe er aus Furcht vor Übergepäck nicht mitgebracht; aus dem fernen Australien bringe man sowieso mehr Gepäck mit als sonst, da sei jedes Gramm kostbar. Robert meinte, sagte Filip, Australien sei für viele Menschen exotischer als Afrika. Afrika, sagte er, war interessant für die Nachkommen der weißen Kolonisatoren, da diese hin und her gerissen waren zwischen ihrer Zugehörigkeit zu den Kolonisatoren und ihrer Identifizierung mit den Kolonisierten. Jeder Vertriebene und auch jeder Auswanderer wisse, wovon er spreche. Es sei immer dieselbe Geschichte, und er wisse nicht, warum er das überhaupt erwähne, er sei kein Auswanderer und noch weniger ein Vertriebener, wolle sich eigentlich in nichts einmischen, was ihn nichts angehe, aber manchmal führe uns das Gespräch in eine Richtung, die wir gar nicht beabsichtigt hätten, und man könne sich schlecht dagegen wehren. So blieb auch Aristoteles, sagte Filip, trotz Roberts Ablehnung in ihm präsent und erinnerte ihn ab und zu an die Ähnlichkeiten mit dem antiken Drama, so wie Eltern ihr Kind daran erinnern, den Rest Maisbrei aufzuessen und das Frühstück zu beenden. Plötzlich war ihm eingefallen, dass er Robert nicht gefragt hatte, wie er ihn nennen solle, Robi oder Bobi. Vor dem Treffen sei ihm das besonders wichtig gewesen, sagte er, aber jetzt war er sich nicht mehr sicher: Robi, Bobi, Bobi, Robi, da gab es keinen großen Unterschied, vielleicht weil er sich inzwischen daran gewöhnt hatte, ihn beim vollen Namen zu nennen, dennoch fragte er ihn, wie er von seinen besten Freunden genannt werde, Robi oder Bobi? Robert sah ihn erstaunt an, sagte Filip, als habe ihm bisher niemand eine solche Frage gestellt, und brach in Lachen aus. Sein Lachen war irgendwie schrill, von Röcheln unterbrochen, und sehr bald starrten alle Gäste und Kellner des »Brioni« sie wieder an. Dann begann Robert auf den Tisch zu trommeln und mit den Füßen zu stampfen, er sah aus dem Augenwinkel, sagte Filip, wie jener Mann sich wieder von seinen Bekannten zu lösen versuchte, legte deshalb die Hand auf Roberts Unterarm und bat ihn, sich zu beruhigen. Robert hörte sofort mit seinem hässlichen, gekünstelten Gekicher auf, nahm behutsam Filips Hand, drehte die Handfläche nach oben, legte sie an seine Lippen und drückte einen feuchten Kuss darauf. Filip zog schnell die Hand zurück und traute sich nicht mehr, sagte er, zu dem Tisch zu sehen, an dem jener Mann saß. Robert sah ihm tief in die Augen und sagte: »Weder Bobi noch Robi; man nennt mich Alisa.« Ja, sagte Filip, auch er reagierte zuerst darauf wie ich jetzt, mit einem Lächeln, aber als er merkte, dass Robert ihn ernst ansah, erfror das Lächeln auf seinen Lippen, genauso wie jetzt auf meinen. Er versuchte, Roberts

Blick zu deuten, während er den Geräuschen hinter seinem Rücken lauschte, aber es gelang ihm nicht. Vor ihm hatte sich eine Leere aufgetan, und je mehr er sich bemühte, sich auf Roberts Antwort und auch auf dessen Gesten zu konzentrieren, umso leerer wurde die Leere, bis sie ihn schließlich völlig ausfüllte, wobei es richtiger wäre zu sagen, dass sie ihn völlig entleerte. Er hatte sich in seine eigene Abwesenheit verwandelt und empfand nur Angst, nicht mehr zu seiner alten Gestalt zurückzufinden und für immer mit Leere gefüllt, hohl, unwirklich und stumm zu bleiben. Der einzige Gedanke, der ihm da kam und ihn, wie er später begriff, aus dem Abgrund der Leere heraußholte, betraf Aristoteles' Wendepunkt in der Handlung, den Augenblick, da die Tragödie zwangsläufig zu einer Tragödie wird, trotz der wahren Natur der Helden und trotz der Bestrebungen des Chors, alles oder zumindest einen Teil in eine andere Richtung zu lenken. Ich solle auf keinen Fall glauben, sagte er, dass er Aristoteles für irgendetwas die Schuld gebe. Niemand, auch nicht Aristoteles, sei an etwas schuld; die Ereignisse hätten sich so abgespielt, wie es ihnen beschieden war; sie alle, selbst ich, obwohl ich nicht im »Brioni« war, hätten so handeln müssen, wie sie handelten; eine Alternative gab es ohnehin nicht. Er hoffe, sagte er, dass ich das verstehe und seiner etwas bruchstückhaften und vagen Geschichte folgen könne, die so sei, weil alles wirklich bruchstückhaft, wirr, ohne Anfang, Mitte und Ende war, ohne ebenjene Elemente, auf denen Aristoteles bestand, so dass ihre Tragödie die ganze Zeit nahe daran war, sich in eine Komödie oder in eine Farce oder einfach in eine Reihe von Wörtern zu verwandeln, die für sich allein standen und nichts besagten. Nachdem er also mit Roberts Ernst konfrontiert war, gelang es ihm nur noch zu fragen: »Wieso Alisa?« Robert sagte nichts, bückte sich nur, nahm die Tasche und stand auf. Dann beugte er sich zu Filip und flüsterte ihm ins Ohr: »Worten kann man nicht immer trauen.« Er richtete sich wieder auf und schien einen Augenblick zu zögern oder darauf zu warten, dass Filip etwas sagte, er aber, sagte er, schwieg, und so begab sich Robert festen Schrittes zu der Toilette mit ihren Pastellfarben und abgerundeten Kanten, die das »Brioni«, diese ehemals übelste aller Kneipen, zu etwas anderem gemacht hatten, zu etwas, das sich völlig von dem Bild unterschied, das Filip in sich trug. Wäre das »Brioni« wie früher gewesen, sagte Filip, wäre vielleicht nichts passiert, aber nun, so verändert, regte es zu weiteren Veränderungen an, und die Kette der Veränderungen riss nicht mehr ab. Er ertappte sich dabei – aber, sagte er, vielleicht sei das allen menschlichen Wesen eigen –, der alten Zeit nachzutrauern, alles an ihr zu messen und angesichts ihrer Fülle alles andere wertlos zu finden, was absurd war, sagte er, denn die Fülle jener Zeit erschöpfte sich im Suff und im Knien vor der Kloschüssel, also in Dingen, die er nie mehr als Werte akzeptieren würde. Dies passe ganz sicher nicht zu der aristotelischen Formel der Tragödie, sagte er, was aber nicht heißen müsse, dass es keine Tragödie war. Hatte

Robert denn nicht erklärt, Aristoteles sei ein gewöhnlicher Diktator, in dessen Formeln sich sogar die meisten Theaterstücke seiner Epoche nicht hineinpressen ließen? Und hatte er da nicht gedacht, wenn auch nicht laut gesagt, sagte er, Robert habe recht? Er hatte in vielen Dingen unrecht, aber darin hatte er recht. Wahrscheinlich, sagte Filip und sah mich an, würde ich ihm zustimmen, warum auch nicht? Wahrscheinlich, sagte ich. Und ihm, sagte Filip, blieb nichts anderes übrig, als zu warten. Robert war noch immer in der Toilette, und es sah aus, als würde er nie mehr herauskommen. Er, sagte Filip, wusste nicht, wie spät es war: Nach dem Magenknurren zu urteilen, war die Zeit für das Mittagessen längst vorbei, und sie hätten vielleicht doch eine der Speisen mit französischen, italienischen und, wenn er sich nicht irre, spanischen Namen bestellen sollen. Oder war es ein griechischer Name? Zuvor hatte er es dumm gefunden, in einer Belgrader Gaststätte zu sitzen und Speisen auszusuchen, von denen keine einzige eine serbische Bezeichnung trug, jetzt hingegen fand er, sie hätten doch eine solche Speise bestellen und sich überraschen lassen sollen. Vielleicht solle man immer so verfahren, das wäre praktischer, als viel Zeit mit der Frage zu vergeuden, was man bestellen solle. Restaurants seien voll von Menschen, die schrecklich viel Zeit mit der Lektüre der Speisekarte verbringen und versuchen, sich für etwas zu entscheiden, und dies sei frustrierend sowohl für die Kellner als auch für die Gäste, vor allem wenn die Gäste unschlüssig sind und es sich, kaum haben sie eine Speise bestellt, überlegen und etwas anderes bestellen im Glauben, das würde ihnen besser schmecken, dabei würde ihnen am besten ein drittes Gericht schmecken, das sie auf der Rückseite der Speisekarte entdecken, nachdem sich der Kellner entfernt hat. Wie viel besser wäre es, sagte Filip, wenn man die Speisen willkürlich austeilte oder wenn man es dem Kellner überließe, aufgrund seiner Erfahrung dem Gast die Speise zu bringen, die er für passend hält. Ein erfahrener Kellner weiß genau, welche Speise zu welchem Gast passt, so wie ein guter Friseur nicht fragt, welche Frisur man haben möchte, sondern sich daran zu schaffen macht, noch bevor man dazu kommt, etwas zu sagen. Schade, sagte er, dass er das nicht sofort im »Brioni« ausprobiert hatte. Dann würde ihn zumindest nicht die Neugierde plagen und er müsste keine Vermutungen darüber anstellen, was der Kellner ihm wohl gebracht hätte. Bestimmt keine Kutteln, vor allem hätte sie ihm nicht jener Kellner gebracht, der sich jedes Mal schüttelte, wenn er dieses nach seiner Meinung vorzügliche Gericht erwähnte, obwohl er auch nichts dagegen hätte, wenn er ihm Moussaka brächte. Auberginenmoussaka sei eine himmlische Speise, sagte er, obwohl die Auberginen manchmal etwas bitter schmecken, weswegen manche Menschen sie nicht mögen. Und so, während er über Moussaka und Kutteln nachdachte, kam ihm der Gedanke, dass Robert vielleicht abgehauen sei. Dass er seine Tasche genommen habe, zur Toilette gegangen und aus dem Fenster geklettert sei. Das Toilettenfenster schaue zum Hof, von da aus könne man in tausend Richtungen laufen. Um ehrlich zu sein, sagte Filip, wusste er nicht, was er tun sollte. Er hätte zur Toilette gehen und nach Robert sehen können, aber das schien ihm eine beschämende Geste, die Robert ihm sicher übel genommen hätte. Wäre er auf der Toilette gewesen und Robert wäre gekommen, um nach ihm zu sehen, wäre er nicht nur böse geworden, sagte er, er wäre explodiert. Und wer weiß, was jener Mann aus der lärmenden Gruppe dann gedacht hätte, vielleicht wäre er ebenfalls zur Toilette gegangen, und da begannen die Möglichkeiten sich derart zu vervielfältigen, dass er den Anfang einer Migräne verspürte. Er beschloss, sagte er, zu warten. Das hielt er für die beste Lösung, zumal Aristoteles nicht genau bestimmt hatte, wie lang eine Tragödie dauern soll, beziehungsweise wie viel Zeit nötig ist, bis jemandes Glück sich verändert oder sich genauer gesagt in ein Unglück umkehrt und die betreffende Person in den Mittelpunkt unliebsamer Folgen, in die tiefe Dunkelheit der Tragödie rückt. Der Gedanke an die Dunkelheit brachte ihn dazu, sich umzuschauen, und er konnte wieder nicht glauben, dass dieselbe Gaststätte, in der er früher oft im Halbdunkel saß, jetzt wie ein Weihnachtsbaum leuchtete. Er überlegte, ob es sich vielleicht nur um Kulissen handelte, die für ihre Tragödie aufgestellt waren und die die Bühnenarbeiter nach der Vorstellung wieder wegtragen würden, so dass das »Brioni« wieder das gute alte »Brioni«, die übelste aller Kneipen, würde, das Loch, in das er kroch, in dem er sich vor der Welt und vor sich selbst versteckte. Er wusste nicht, wie lange Robert schon auf der Toilette war, die Zeit schien ihm aber viel länger als für irgendeine Notdurft erforderlich. Er bückte sich, um seinen Plastikbeutel zu nehmen, den er unter den Tisch geschoben hatte, und schaute sich bei dieser Gelegenheit, sagte er, die Fetzen der zerrissenen Fotos an. Dabei stieß er auf jemandes Auge und versuchte herauszufinden, zu wem es gehörte, aber während er das herausgerissene Auge anstarrte, hörte oder genauer spürte er, dass es totenstill geworden war im Lokal. Alles war dermaßen ruhig, sagte er, dass er sich nicht zu rühren traute. Er traute sich auch nicht, Luft zu holen, nicht einmal mit den Wimpern zu zucken, denn er meinte, jede, auch die kleinste Bewegung würde eine Explosion auslösen oder auf andere Weise eine Katastrophe von ungeahnten Ausmaßen heraufbeschwören. Dann vernahm er ein regelmäßiges Klopfen, als schlage jemand Nägel in die Wand oder gebe den Takt an. Er kroch unter dem Tisch hervor, hob den Kopf und erblickte Robert in Frauenkleidern, geschminkt und mit langem glattem Haar. Er näherte sich dem Tisch mit wiegenden Hüften, das Klopfen kam von seinen hohen Stöckelschuhen. Die Schuhe waren rot wie auch der kurze Rock, sagte Filip, die Bluse war weiß, und unter ihr zeichneten sich die Rundungen der Brüste ab. Auch seine Fingernägel waren rot, sagte er, allerdings sei er sich da nicht ganz sicher. Von diesem Augenblick an sei er sich überhaupt keiner Sache mehr sicher gewesen, denn alles, was danach kam, empfand er, als geschehe es jemand anderem. Er wisse nicht, wie er seinen Zustand am besten beschreiben solle: Es sei ganz sicher keine Katharsis im aristotelischen Sinne gewesen, es ähnelte eher dem verkaterten Zustand nach einem Besäufnis. Er erinnere sich, sagte er, dass er in seiner Ratlosigkeit aufstand und einen Stuhl etwas wegrückte, damit Robert sich hinsetzen konnte. Während er das tat, hörte man im ganzen Lokal keinen Mucks. Es war, als sei das »Brioni« versunken, als befänden sich alle auf dem Meeresgrund, wo die Wassermassen sie daran hinderten, sich zu bewegen. Selbst wenn jemand den Mund aufmachte, kam kein Ton heraus, und es schien ihm sogar, dass der Köchin, die aus der Durchreiche schaute, Luftblasen aus der Nase kamen. Er setzte sich, die Luftblasen verschwanden und alle fingen gleichzeitig zu reden an: die Gäste, die Kellner, die Köchin, Robert und er. Alle redeten schnell und laut, als seien das die letzten Worte, die sie noch herausbringen konnten. Jetzt sei ihm wohl klar, sagte Robert zu ihm, warum man ihn Alisa nenne. Seine Lippen waren mit einer dicken Schicht dunkelroten Lippenstifts überzogen, sagte Filip, man konnte sehen, wie sie aneinanderklebten und eine rötliche Spur auf den Zähnen hinterließen. Ja, jetzt wusste er, warum man ihn Alisa nannte, es wäre aber besser gewesen, er hätte es nicht gewusst, dann hätte er wahrscheinlich nicht den Eindruck gehabt, er sei in eine Falle geraten und habe alle Wörter vergessen, er hätte nicht den Wunsch verspürt, irgendwo anders zu sein, an einem

Ort so weit weg vom »Brioni«, dass man es in einem normal langen Menschenleben nicht schaffte, hinzufahren und zurückzukommen. Gleichzeitig versuchte er sich zu erinnern, ob es in Aristoteles' *Poetik* eine Stelle gab, die ihm helfen könnte auszumachen, wo der Norden und wo die übrigen Himmelsrichtungen sind. Er wisse zwar, dass ihm in diesem Falle ein Kompass behilflicher gewesen wäre, aber manchmal finde man die besten Antworten dort, wo man sie am wenigsten erwarte. Das Getöse im »Brioni« drohte sich langsam in ein totales Chaos zu verwandeln, sagte er, Rufe und Flüche vermischten sich mit Lachen und Kreischen, als wäre man auf einer Hochzeit, und von Zeit zu Zeit konnte man deutlich formulierte Drohungen hören; die kamen, das wusste er, auch ohne sich umzudrehen, von dem lauten Tisch, an dem der Verrückte saß. Gewöhnlich nenne er jemanden nicht so leichtfertig einen Verrückten, sagte er, aber bei dem Mann bleibe ihm keine andere Wahl. Man sah es an seinen Augen, dass er verrückt war. Während dieser Zeit blickte Robert ihn unverwandt an. Die langen künstlichen Wimpern bewegten sich wie die Flügel eines Schmetterlings. Wenn er wieder in Australien sei, erklärte Robert, sagte Filip, werde er sich operieren lassen und tatsächlich Alisa werden. Eine anatomische Alisa, sagte er lächelnd. Filip antwortete nichts darauf. Am liebsten hätte er geschwiegen, so wie er das auch jetzt am liebsten täte, aber oft kommen die Worte einem auch gegen den eigenen Willen, sagte er, und dann muss man einfach weiterreden. Habe er sich wirklich so verkleiden müssen, fragte er Robert, hätte er ihm nicht einfach alles erklären können? Aber hätte er ihm denn geglaubt, wenn er nur eine Geschichte über das Tragen von Frauenkleidern gehört hätte, fragte Robert, oder hätte er da nur gelacht und gesagt, er solle den Scherz für eine andere Gelegenheit aufsparen? Er sei gekommen, sagte Robert, um ihm die letzte Chance zu geben, seinen Bruder zu sehen, denn jetzt, da er vom Tod ihrer Schwester wisse, werde er zu ihrem Ersatz, zur Schwester, die es nicht gebe, ein passendes Bild der Wirklichkeit, mit der sie konfrontiert seien. Da dachte er, sagte Filip, dass Robert recht habe und dass er, Filip, dadurch nur gewinne, dass das Leben des Verlierers zu Ende sei und jetzt das Leben des Gewinners beginne. Er neigte sich zu Robert, küsste ihn auf die Wange, lehnte den Kopf an seine Schulter, und Robert umarmte ihn und zog ihn an sich. Er hörte, nein, er spürte es mit dem ganzen Körper, sagte Filip, wie das »Brioni« wieder in Stille versank, tief unter die Oberfläche, auf den Grund. Dann hörte man einen Stuhl rücken, Filip versuchte sich aufzurichten, sagte er, aber Robert umarmte ihn nur noch fester und sagte, alles sei in Ordnung, er solle sich keine Sorgen machen und auf keinen Fall, gleich was geschehe, die Augen öffnen. Er öffnete sie, sobald Robert ihn losließ, sagte Filip, und sah den Mann, der ihnen schon gedroht hatte, in trunkenem Zustand die Fäuste schwingen. Robert bewegte nur leicht den Kopf zur Seite, sagte er, aber das genügte, dass der Mann ihn verfehlte, dass der Schwinger an Robert vorbeizischte und die Gäste am Nebentisch traf. Von mehreren Seiten hörte man ersticktes Lachen, Robert breitete anmutig die Arme aus und verneigte sich. Der Mann hatte sich inzwischen aufgerichtet, sagte Filip, packte einen Stuhl, hob ihn in die Höhe und ging auf Robert los, aber bevor er dazu kam, den Stuhl auf dessen Kopf landen zu lassen, drehte Robert sich um und versetzte ihm einen Tritt zwischen die Beine. Das tat bestimmt weh, sagte Filip, der Mann schrie auf, ließ den Stuhl fallen und stürzte zu Boden wie ein nasser Sack. Robert verneigte sich wieder, sagte er, aber diesmal gab es keinen Applaus. Im »Brioni« herrschte wieder Stille. Robert hob den Kopf, blickte um sich, zuckte mit den Achseln und setzte sich. Er, sagte Filip, wisse nicht, warum er ihn Robert nenne, vielleicht wäre Alisa angebrachter, denn als das passierte, war er eigentlich Alisa und nicht Robert. Er brachte es jedoch nicht fertig, ihn so zu nennen, sagte Filip, obwohl er in einem Augenblick, nur in diesem Augenblick, stolz auf seine Schwester war. Er dachte: »Ich bin stolz auf meine Schwester«, sagte er, verdrängte diesen Gedanken aber gleich und sagte zu sich: »Alisa ist mein Bruder.« Deshalb spreche er von Robert und nicht von Alisa, sagte er, und deshalb sei es ihm nicht gelungen, sich zu konzentrieren und sich zu erinnern, ob in Aristoteles' *Poetik* etwas über die Auflösung der Tragödie beziehungsweise über das Auseinanderfallen des Chors stehe, denn er sah die Leute aufstehen, die mit dem Mann zusammengesessen hatten, der immer noch mit der Hand zwischen den Beinen auf dem Boden lag und stöhnte. Er habe immer geglaubt, dass der Chor keine Rolle in der klassischen Tragödie spiele außer der des Kommentators und des Augenzeugen und eventuell des allwissenden Erzählers, worüber ich ihm, daran zweifele er nicht, sagte er, bestimmt viel erzählen könne. Er zweifelte auch nicht mehr an seinem Bruder, sagte er, allerdings wurde es ihm, als er sah, wie diese Gruppe Menschen sich näherte, angst und bange um ihn. Da stellte sich ein Kellner, derjenige, der mit ihnen angestoßen hatte, der Gruppe in den Weg und forderte sie auf, das Lokal zu verlassen. Anderenfalls, drohte er, werde er die Polizei rufen. Er hätte schon früher die Polizei rufen sollen, sagte Filip, die Drohung war aber doch nützlich, sie lenkte die streitsüchtige Gruppe in eine andere Richtung, zum Ausgang hin. Er glaubte, sagte er, jetzt würde alles ruhig, aber ein Mann löste sich von der Gruppe, lief auf sie zu und riss Robert die Perücke vom Kopf. Bevor sie reagieren konnten, stürzte er aus dem Lokal, draußen gesellten sich die anderen zu ihm, und bald tanzten sie auf dem Bürgersteig vor dem »Brioni« und schrien wie Indianer, die im Unterschied zu ihnen wirklich skalpierten. Geschminkt und zurechtgemacht, aber jetzt ohne die Perücke, wirkte Robert komisch, sagte Filip, obwohl sein Gesichtsausdruck zeigte, dass er das alles andere als komisch fand. Immer öfter blickte er hinaus, ballte die Fäuste, leckte sich die Lippen und schnaubte. Inzwischen, sagte Filip, stand der Mann, der bis dahin stöhnend auf dem Boden gelegen hatte, langsam auf und torkelte nach draußen, wo er mit lautem Hallo empfangen wurde. Einer warf ihm die Perücke zu, worauf er sich zur Glasfront des »Brioni« drehte, sich mit der Perücke zwischen den Beinen rieb und mit stoßartigen Bewegungen den Geschlechtsakt nachmachte. Er müsse dazu sagen, sagte Filip, dass die Nachahmung äußerst schlecht, sogar misslungen war, aber ein schlechtes Schauspiel habe manchmal eine größere Wirkung als ein gutes, was Aristoteles, sagte er, nirgends erwähnte. Dieses äußerst laienhafte Stoßen und wahrscheinlich auch Stöhnen, das man jedoch nicht hören konnte, brachten Robert dazu, aufzustehen und nach draußen zu gehen. Während er ihm nachsah, sagte Filip, spürte er, dass etwas in ihm riss, es war die Andeutung eines Schmerzes, den er bis dahin nie gespürt hatte, und er rief: »Alisa!« Es war mehr ein Flüstern als ein Rufen, sagte er, aber Robert hörte es, hielt inne, drehte sich um und warf ihm eine Kusshand zu. Was danach geschah, sagte er, sei schwer zu beschreiben. Er habe versucht, sich zu trösten, indem er sich immer wieder sagte, dies sei nur Theater, eine der aristotelischen Tragödien, und alle würden, wenn der Vorhang falle, in ihre Garderoben zurückkehren, die Schminke und das falsche Blut von Gesichtern und Händen abwischen und einander zum gelungenen Spiel gratulieren. Danach jammerte Filip nur noch und bettelte, jemand solle die Polizei rufen, aber niemand rührte sich, alle beobachteten wie gebannt die Szene, die sich vor ihren Augen abspielte. In den ersten Sekunden, sagte er, zeigte Robert überraschendes Können, er schlug mit

Händen und Füßen um sich und wich geschickt den Schlägen aus, die von allen Seiten kamen. Im »Brioni« seien sogar lobende und ermunternde Worte für Robert zu vernehmen gewesen, was ihn, sagte Filip, zu der falschen Erwartung veranlasste, Robert könne aus dem Kampf doch noch als Sieger hervorgehen. Dann aber schlug jemand Robert mit einer Latte auf den Kopf, dieser geriet ins Wanken, schaffte es noch, einen oder zwei Schläge auszuteilen, und fiel auf den Bürgersteig. Auch jetzt sei ihm noch immer nicht klar, sagte Filip, woher diese Latte kam, die wie ein *deus ex machina* den Ausgang der Auseinandersetzung beeinflusste und das Ende der Tragödie beschleunigte, denn die ganze Geschichte um Robert war eine Tragödie, obwohl die Einheit am Ende auseinanderfiel und der Chor die ganze Sache in seine Hände nahm. Und nicht nur in die Hände, sagte Filip, sondern auch in die Füße. Sobald Robert am Boden lag, sagte er, fielen nämlich alle über ihn her, versetzten ihm Tritte, bespuckten ihn, schlugen so lange mit der Latte auf ihn ein, bis sie zerbrach, und erst dann, als ein Stück von der Latte absplitterte, hörten sie auf und machten sich schnell aus dem Staub. Robert lag reglos auf dem Bürgersteig. Eine ältere Frau, bepackt mit Tüten voller Lebensmittel, blieb stehen und beugte sich über ihn. Man sah, sagte Filip, wie sich ihre Lippen bewegten, man hörte aber nichts, trotz der Stille, die im »Brioni« herrschte. Er stand auf, sagte er, und ging hinaus. Er wusste, dass alle ihn beobachteten, aber zum ersten Mal im Leben war ihm das egal, obwohl er dermaßen zitterte, dass er befürchtete, es nicht bis zu Robert zu schaffen. Als er bei ihm war, hörte er ihn stöhnen. Er ging in die Hocke, sagte er, zog ihm den Rock zurecht, berührte seine Wange und die Stirn. Er blutete aus der Nase und aus der Wunde über der linken Augenbraue, sagte er, und wenn er hustete, bildeten sich blutige Bläschen auf seinen Lippen. O Bobi, sagte Filip, Bobi, Bobi, Bobi. Robert machte die Augen oder besser gesagt das rechte Auge auf, denn über sein linkes hing unbeweglich das Augenlid, sagte Filip, schaute ihn an und versuchte zu lächeln. Er, Filip, drehte sich zur Glasfront des »Brioni«, sagte er, sah alle Kellner und Gäste sie anstarren und rief, sie sollten den Rettungsdienst holen. Ein Kellner legte die Hand ans Ohr, womit er zu verstehen gab, dass man ihn nicht hörte oder nicht verstand, und er, sagte Filip, gab ihm ein Zeichen herauszukommen. Währenddessen, sagte er, habe Robert seine andere Hand gepackt und gedrückt, wahrscheinlich in der Absicht, ihm etwas mitzuteilen. Als er sich ihm zuwandte, zog Robert ihn näher zu sich heran und flüsterte: »Bring mich nach Hause.« Wessen Haus er meine, fragte er ihn. Er dachte gleich, sagte er, an Australien, irgendwo in Australien hatte Robert bestimmt ein Haus oder eine Wohnung, aber eine so weite Reise kam für keinen der beiden in Frage, deshalb fügte er für alle Fälle hinzu: »Australien ist weit weg.« Robert versuchte wieder zu lächeln, bekam aber gleich einen Hustenanfall, und die blutigen Bläschen rannen seine Wangen herunter. Zu dir nach Hause, gelang es ihm flüsternd zu sagen, sagte Filip, zu ihm nach Hause, als sei dies das Einfachste von der Welt, als könne er sofort aufstehen und sich dorthin begeben. Inzwischen war der Kellner gekommen und fragte Filip, ob er den Rettungsdienst holen solle. Er sah ihn an, sagte er, und dachte nach. Als Erstes fragte er sich, ob seine Wohnung aufgeräumt, das Bett gemacht, das Geschirr abgewaschen sei, erst dann stellte er sich die Frage, wie sie zu seiner Wohnung kommen sollten. Da fiel ihm ein, dass früher im alten »Brioni« Taxifahrer verkehrten, und er fragte den Kellner, ob sie das immer noch täten. Natürlich, sagte der Kellner, nur seien sie heute etwas spät dran und trudelten erst jetzt ein, dort sind sie ja, sehen Sie, sie schauen uns an. Könne er einen von ihnen fragen, sagte Filip, ob er ihm helfen könne, Robert zu seiner Wohnung zu bringen, er wohne nicht weit von hier und auch nur im ersten Stock. Das werde er gleich tun, sagte der Kellner, zuvor aber müsse er ihm noch etwas geben. Er drückte ihm einen Zettel in die Hand, drehte sich um und ging. Das war die Rechnung, sagte Filip, alles ordentlich und genau aufgelistet, jeder Pelinkovac, jeder Sliwowitz, alles, was sie bestellt hatten, und diese Gewissenhaftigkeit und Genauigkeit empörten ihn zusätzlich. Während er sich um Robert Sorgen machte, sagte er, dachte der Kellner nur an seinen Verdienst. Es hätte ihn nicht gewundert, sagte Filip, wenn er wegen einer unbezahlten Rechnung die Polizei geholt hätte. Er hatte die Polizei nicht gerufen, als diese Bande einen unschuldigen Mann zu Tode prügelte, sagte er, aber er würde alles tun, um ja nicht zehn lausige Euro zu verlieren. Forderte ihn jemand auf, ein Beispiel von Geldgier zu geben, würde er ihm diesen Fall schildern. Statt ihm ein feuchtes Handtuch zu bringen, um Roberts Gesicht abzuwischen, präsentierte er ihm diese blöde Rechnung. Inzwischen umdrängte sie eine Menschenmenge, sagte Filip, ihm war, als ginge ihm die Luft zum Atmen aus. Er bat sie, etwas auseinanderzurücken, zumindest auf Abstand zu gehen, sagte er, aber sie schauten ihn an, als spräche er eine unbekannte Sprache. Wer weiß, sagte er, vielleicht sprach er auch in einer anderen Sprache, alles sei möglich, wenn man unter Druck stehe, zumal wenn man überzeugt ist, dass einem jemand in den Armen stirbt. Ja, sagte er, er war wirklich überzeugt, dass Robert im Sterben lag, und ich hätte, wäre ich dort gewesen und hätte Roberts verunstaltetes Gesicht gesehen, bestimmt seine Meinung geteilt. In diesem Augenblick, sagte Filip, schob sich ein Taxifahrer durch die Menge mit einer bunten Decke, die er neben Robert auf den Boden legte. Damit könne man ihn leichter tragen, sagte der Taxifahrer und zeigte auf ein hinter einem Kiosk geparktes Auto. Er selbst bückte sich, sagte Filip, und packte Robert an den Füßen, während der Taxifahrer versuchte, ihm unter die Achseln zu greifen. Robert stöhnte auf, öffnete die Augen und fragte, was sie eigentlich mit ihm vorhätten. Nichts, antwortete der Taxifahrer, sagte Filip, dann hoben sie ihn hoch, und der Taxifahrer forderte einen Mann auf, die Decke unter Robert auszubreiten. Eigentlich habe er ihm, sagte Filip, zugerufen:

»Los, breite die Decke unter ihr aus«, daraufhin habe der Mann sich gebückt und an der Decke gezogen. Während sie Robert auf die Decke legten, rutschte sein Rock wieder hoch, und alle konnten sein rotes Höschen sehen. Niemand sagte etwas, und er, fügte Filip hinzu, zog den Rock zu den Knien runter. Sie griffen die Decke und trugen Robert zum Taxi, während die Menge sich vor ihnen teilte wie neulich die Möbel in seiner Wohnung. Am Auto kamen ihnen, sagte er, andere Menschen zu Hilfe, und so schafften sie es unter Flüchen und Kommandos des Taxifahrers, Robert irgendwie auf den Rücksitz zu verfrachten. Er zeigte keine Reaktion mehr, und Filip bückte sich, um seinen Atem zu prüfen. Er hörte ihn nicht, tastete nach seinem Puls am Handgelenk und spürte ihn wie ein fernes Echo des Herzschlags. Er ist dabei, uns zu verlassen, sagte er zum Taxifahrer, der ihm zu seiner großen Überraschung auf die Schulter klopfte und meinte, alles werde gut. Er sagte das mit einer solchen Überzeugung, sagte Filip, dass er den Wunsch verspürte, ihm etwas zu spendieren, und so ließen sie Robert auf dem Rücksitz liegen und kehrten zum »Brioni« zurück. Filip musste schließlich auch noch die Rechnung begleichen, die auf dem Tisch liegen gebliebenen Sachen holen, Roberts Tasche nehmen und nach dem Plüschkoalabären suchen. Der Taxifahrer wollte einen Apfelsaft und setzte sich zu den anderen Taxifahrern, Filip bezahlte die Rechnung und nahm wieder am alten Tisch Platz. Roberts Tasche lag neben dem Stuhl, auf dem dieser zuvor gesessen hatte, während seine Plastiktüte, sagte Filip, unter den Tisch gerutscht war. Seine Tüte war leer, sagte er, Roberts Tasche hingegen voll, was nicht korrekt war, denn das Leben rann nicht aus ihm, sondern aus Robert, daher sollte seine Plastiktüte voll und Roberts Tasche leer sein, obwohl das letzten Endes egal war, weil man zwischen der Tasche und der Tüte kein Gleichgewicht mehr herstellen konnte. Die Balance war unwiderruflich verloren, und er hätte alles versuchen und noch so oft die eine leeren und die andere füllen können, sie war nie mehr wiederherzustellen. Er sah sich um und merkte, dass die Gäste seinem Blick auswichen. Das störte ihn nicht, sagte er, eigentlich störte ihn nichts mehr. Eine große Müdigkeit legte sich auf ihn wie ein Federbett, und er dachte nur noch an Schlaf. Der Kellner kam und fragte, was er trinken wolle. Er dachte an Weinbrand, an Kognak, an Whisky und bestellte am Ende, sagte er, einen frisch gepressten Zitronensaft, falls sie ihn hätten. Aber selbstverständlich, erwiderte der Kellner, und er bestellte gleich zwei. Irgendwo hatte er gelesen, dass Vitamin C helfe, wach zu bleiben, und hoffte, sagte er, der Zitronensaft würde dies bei ihm bewirken. Das erste Glas trank er in einem Zug aus, das zweite langsam, Schluck für Schluck, und in der Tat, die Müdigkeit war nicht mehr zu spüren. Er dachte an Robert, der in die Decke gewickelt im Fond des Taxis zurückgeblieben war, und wollte hören, was sein Herz ihm dazu sagte, aber das Herz schwieg. Vielleicht ist es mit dem Herzen immer so, sagte er, wenn es einmal verstummt, bringt keiner es mehr zum Sprechen. Aus dem Herzen ausgestoßen ist wie aus dem Paradies vertrieben, sagte er zu dem Taxifahrer, als sie etwas später gemeinsam das »Brioni« verließen. Der Taxifahrer sagte, vom Herzen habe er keine Ahnung, im Paradies sei er noch nie gewesen, und wenn man irgendwo nicht sei, könne man von dort auch nicht vertrieben werden. Auch er sei nicht im Paradies gewesen, sagte Filip, aber er könne sich vorstellen, wie Adam und Eva sich fühlten, als das Eingangstor laut hinter ihnen zugeschlagen wurde. Das müsse wohl das Ausgangstor gewesen sein, sagte der Taxifahrer, durch das Eingangstor komme man nämlich herein und durch das Ausgangstor gehe man hinaus, man könne nicht durch den Eingang hinausgehen und durch den Ausgang hereinkommen. Soviel ihm bekannt sei, sagte Filip, gebe es nur eine Himmelstür und durch die gehe man rein und raus, aber sie könnten, sagte er, Robert fragen, vielleicht werde er ihnen weiterhelfen. Robert beantwortete jedoch keine ihrer Fragen, sondern ließ lediglich ein kurzes Stöhnen vernehmen, als das Taxi sich in Bewegung setzte. Der Taxifahrer fuhr langsam, vorsichtig und kümmerte sich nicht um andere Fahrer, die sie hupend und fluchend überholten. Robert stöhnte auch auf, als das Taxi unvermeidlich holpernd auf den Bürgersteig vor Filips Haus fuhr. Da halfen ihnen wieder, sagte Filip, unbekannte Passanten, dennoch stieß Robert mehrere Male mit dem Hintern gegen die Treppenstufen, und er jammerte immer lauter. Ein Glück, meinte der Taxifahrer, dass seine Wohnung in der ersten Etage sei, sagte Filip, einen so schweren Mann noch weiter zu schleppen wäre er nicht bereit gewesen. Die zwei unbekannten Passanten, die ihnen ihre Hilfe angeboten hatten, pflichteten ihm bei. Allerdings, sagte einer der beiden, er würde ihn vielleicht auch noch zur zweiten Etage tragen, aber inzwischen hatten sie schon Filips Diele erreicht, und der Taxifahrer schlug vor, Robert in die Badewanne zu legen, solange Filip ihm das Lager vorbereite, denn man wisse nicht, sagte der Taxifahrer, ob und wie stark er blute, es wäre schade, wenn es Flecken gäbe, vor allem an Stellen, die gleich ins Auge fallen, auf dem Sofa oder auf dem Teppich im Wohnzimmer. Als sie ihn in die Badewanne legten, sagte Filip, keuchten schon alle, und er fühlte sich verpflichtet, sie in die Küche zu bitten und ihnen dort einen Kaffee oder einen Obstsaft anzubieten. Der Passant, der bereit war, Robert bis zur zweiten Etage zu tragen, fragte, ob er einen Tee bekommen könne. Natürlich, sagte Filip, und jeder bekam, was er wünschte, der Taxifahrer trank sogar einen Aprikosenschnaps auf Roberts Wohl. Am Küchentisch versuchte Filip ihnen auseinanderzusetzen, wieso ihm im »Brioni« Aristoteles eingefallen war. Er erklärte ihnen, dass Aristoteles in seiner *Poetik* vier mögliche Varianten des tragischen Kerns der Tragödie unterschied. Einmal, sagte Filip, könne man eine tragische Handlung in vollem Bewusstsein und mit klarem Verstand begehen, andererseits sei es aber auch möglich, sich bewusst einer solchen Tat zu enthalten. Dann gebe es die Möglichkeit, eine entsetzliche Tat zu begehen, ohne sich dessen bewusst zu sein, und erst später zu erfahren, in welcher verwandtschaftlichen Beziehung der Ausübende der tragischen Tat zu dem Opfer stand, aber ebenfalls sei es möglich, eine tragische Handlung vorzubereiten und im letzten Augenblick zu erkennen, worum es geht, nämlich dass das potentielle Opfer nahe verwandt ist mit dem, der es töten wollte. Aristoteles habe diejenige für die beste Tragödie gehalten, in der die Vorbereitung einer tragischen Tat gezeigt werde und später die Erkenntnis komme, dass das mögliche Opfer der Sohn oder der Bruder dessen sei, der bis dahin das Schwert geschwungen oder den Speer gewetzt habe. Wenn er sich etwa anschickte, Robert zu töten, sagte Filip, und dann entdeckte, dass Robert sein Bruder sei, und er folglich vom Mord absähe, wäre dies in ästhetischer Hinsicht die höchste Leistung. Und wenn es keine Ästhetik gibt, fragte der Tee trinkende Passant, was geschieht dann? Er entgegnete ihm, sagte Filip, dass er die Frage nicht verstehe, worauf der Passant einen Schluck Tee nahm und sagte, da gebe es nichts zu verstehen, ihn interessiere nur, ob es einen echten Grund dafür gebe, den Mann dort in der Badewanne zu töten. Er zeigte mit dem Daumen hinter seinen Rücken, obwohl sich das Badezimmer auf der anderen Seite des Korridors, seitlich von ihnen, befand. Er wollte ihm erklären, sagte Filip, dass er zu keiner Zeit an Roberts Tod gedacht habe, aber da mischte sich der Taxifahrer ins Gespräch, trank in einem einzigen Schluck seinen Kaffee aus und sagte, es sei für ihn Zeit aufzubrechen, was die anderen beiden bewog, ebenfalls aufzustehen. So schnell hatte sich das alles abgespielt, sagte Filip, dass er erst, als sie weg waren, merkte, dass er den Taxifahrer nicht bezahlt und dass man wegen dieser Eile Robert in der Badewanne liegen gelassen hatte. Erst wollte er hinter dem Taxifahrer herlaufen, sagte er, dann fiel ihm ein, dass er ihn jederzeit im »Brioni« finden könne. Er musste ihm ja auch noch die Decke zurückgeben, denn sie war bestimmt nicht im Fahrpreis inbegriffen. Der Gedanke an die Decke ließ ihn ins Bad gehen, sich auf den Wannenrand setzen und Robert anschauen. Er schaute Robert an, sah aber Alisa und dachte an die Frage des Tee trinkenden Passanten, ob es ohne Ästhetik einen Grund gebe, den Mann in der Badewanne zu töten? Er beugte sich vor, sagte Filip, und berührte Alisas Stirn. Robert öffnete die Augen und sagte flüsternd: »Warum tust du mir das an?« Tropfen blutiger Spucke rannen über sein Kinn. Was sollte er nun mit ihm machen, fragte sich Filip, obwohl er die Antwort schon wusste. Er war ihm nicht böse, sagte er, zumindest nicht auf jene einfache, primitive Weise, die jeder kennt, obwohl er, und er nehme an, ich würde mit ihm einer Meinung sein, mehr als einen Grund hatte, auf ihn böse zu sein. Da war vor allem die Tatsache, dass Robert ihm mit seinem Kommen das Leben ruiniert hatte, dann dass er seine Karriere negativ beeinflusst und dass er ihn dazu gezwungen hatte, buchstäblich um die Erhaltung seines Verstandes zu kämpfen. Ich würde ihn von früher kennen, sagte er, daher solle ich jetzt sagen, ob er wie ein Mensch aussehe, mit dem nicht alles stimme. Ich sagte nichts. Ich solle damit nicht hinter dem Berg halten, natürlich sehe er nicht so aus, das wisse er. Und trotz allem, sagte Filip, hob er in keinem Augenblick seine Stimme gegen Robert, und auch nicht gegen Alisa, weil er die ganze Zeit an Aristoteles' Worte dachte, wonach das Bösewerden leicht ist, es aber nicht leicht ist, auf die richtige Person, zum richtigen Zeitpunkt, aus dem richtigen Grund und auf die richtige Art böse zu werden. Er habe das Robert gesagt, aber der habe nicht geantwortet. Vielleicht würde auch er nicht antworten, sagte Filip, wenn er, Ästhetik hin, Ästhetik her, so unbequem in einer Badewanne läge. Er beugte sich über Robert und Alisa und versuchte, sie aus der Wanne zu heben, aber je höher er sie hob, umso lauter winselten sie und baten ihn, sie in Ruhe zu lassen. Vielleicht war es ein Fehler, sagte Filip, den Taxifahrer und die unbekannten Passanten gehen zu lassen, ihre Hilfe hätte er gut gebrauchen können. Die Muskeln taten ihm vor Anstrengung weh, und er ließ Roberts Arme los, zuerst den linken, dann den rechten, woraufhin er zurückfiel und mit dem Hinterkopf auf den Wannenrand schlug. Ich würde womöglich denken, er wollte ihn töten, sagte Filip, woran er aber, wie er schon betont habe, in keiner Sekunde dachte, zumindest nicht in einem so präzise formulierten Satz. Er wollte erst bei den Nachbarn klingeln, jemand würde ihm bestimmt helfen, aber dann fiel ihm ein, dass er alles erklären müsste und dass sie sich trotz seiner Erklärungen am meisten für Alisas roten Schlüpfer interessieren würden, worüber er, milde ausgedrückt, nicht mehr reden wollte. Er wollte eigentlich über nichts mehr reden, sagte er, denn wieder befiel ihn eine große Müdigkeit, seine Augenlider schlossen sich und klebten aneinander, er legte sich angezogen auf das Sofa im Wohnzimmer und schlief, ohne auch nur einmal zu gähnen, fest ein. Er wusste nicht, wie lange er geschlafen hatte, wach geworden war er von einem durchdringenden Ton, der nicht enden wollte. Er erwachte und konnte seinen Augen kaum trauen: Im Sessel neben dem Spiegel saß Robert. Er hatte, sagte er, wieder seinen Anzug an und lächelte, als sei nichts gewesen. Unglaublich, sagte ich. Dasselbe sagte auch er, sagte Filip, danach rieb er sich die Augen, und als er sie zaghaft wieder öffnete, war der Sessel leer. Er sprang auf, lief zum Badezimmer und konnte aufatmen, denn Robert lag immer noch in der Badewanne in der gleichen Stellung, in der er ihn verlassen hatte, trug immer noch Alisas Kleider, war jetzt aber totenblass, stöhnte und winselte. Der Ton, der ihn geweckt hatte und soeben aufhörte, kam aus Roberts Kehle. Er rief, schüttelte und ohrfeigte ihn, aber weder Robert noch Alisa reagierten. Dann klingelte er, sagte Filip, bei den Nachbarn, bat hysterisch um Hilfe, einer von ihnen rief ein Taxi, und binnen einer knappen halben Stunde war Robert im Krankenhaus. Natürlich erkundigten sich die Nachbarn nach dem roten Schlüpfer, natürlich fragte der diensthabende Arzt, warum man so lange gewartet und Robert nicht früher eingeliefert hatte, schon lange habe er keinen so brutal zusammengeschlagenen Menschen gesehen, und natürlich wiederholte er mehrmals, er könne jetzt für nichts mehr garantieren. Wären sie früher gekommen, betonte der diensthabende Arzt, sagte Filip, hätte man vielleicht noch etwas tun können, aber nach so viel verlorener Zeit gebe es, realistisch gesehen, wenig Hoffnung. Er hörte sich das, sagte Filip, mit gesenktem Kopf an und fühlte sich wie ein Grundschüler, dem die Lehrerin eine Lektion erteilt wegen eines Lausbubenstreichs, der jemandes ernsthafte Verletzung zur Folge hatte. Der diensthabende Arzt sah ihn an, sagte Filip, als habe er, Filip, den unglückseligen Robert so zugerichtet oder als sei sein Zögern eine größere Sünde als die wütenden Prügel einer ganzen Horde. Er hätte am liebsten vor Wut aufgeheult und dachte sich schon die saftigsten Flüche aus, hielt sich aber zurück, nicht seinetwegen, sondern wegen Robert, den er diesem Arzt anvertraut hatte, weswegen er die Folgen bedenken musste. Er kehrte nach Hause zurück, und dort in der Diele, sagte er, überkam ihn wieder die Müdigkeit, als hätte sie nur auf ihn gewartet, um dort weiterzumachen, wo sie stehen geblieben war. Er ließ sich auf das Sofa fallen und sank in einen seichten, unangenehm erschöpfenden Schlaf, in jenen Zustand, in dem man weder schläft noch wach ist, aber bald, sagte er, begann er zu zwinkern, öffnete die Augen und sah Schatten an der Wand. Er fragte sich, wo Robert sein mochte, was mit ihm wohl geschah, wann er ihn sehen könne, fand aber auf keine dieser Fragen eine Antwort und hörte auf zu fragen.

Inzwischen war er schon, sagte er, hellwach und sah das ganze Geschehen klar vor sich, von der Ankunft im »Brioni« bis zu dem Ereignis vor dem »Brioni« und der Rückkehr zu dieser Spelunke, die sich vergeblich bemühte, etwas anderes zu sein. Er sah die Menschen, die Robert Fußtritte versetzten, er sah seinen Körper unter den heftigen Schlägen hochschnellen, sah den Schlag von der anderen Seite, der ihn wieder auf den Boden zurückwarf, wo ihn ein neuer Schlag traf, und so immer weiter. Eine Szene, die er nie vergessen werde, sagte er, diese unwillkürlichen Zuckungen des Körpers, der nicht mehr seinem Herrn gehörte, sondern jemand anderem auf Gedeih und Verderb ausgeliefert war. Er sah mich an und sagte, er wisse, dass seine Erzählung wirr sei, hoffe dennoch, ich begriffe, dass es einer der schrecklichsten Tage in seinem Leben war, ein Tag, an dem Gewinn und Verlust so schnell aufeinanderfolgten, dass nicht einmal er sie voneinander unterscheiden konnte. Zunächst hatte er einen Bruder bekommen; dann hatte er, nachdem er dessen Geschichte gehört hatte, seine Eltern verloren, jene Eltern, die er in *Das Leben eines Verlierers* gepriesen hatte; danach hatte er den Bruder verloren, aber gleichzeitig eine Schwester bekommen; am Ende hatte er auch die Schwester verloren und drohte nun auch noch, sich selbst zu verlieren. Vielleicht sei es auch gar nicht mehr wichtig, wie sein neues Buch heißen solle, sagte er, denn es würde niemand übrig bleiben, der es schreiben könne, wie in einer Tragödie, deren Helden alle sterben und in der am Ende nur Tote unordentlich auf der Bühne herumliegen, so dass jemand aus dem Publikum den Epilog vorlesen müsse, vielleicht der Taxifahrer mit der blutverschmierten Decke. Das erinnerte ihn daran, sagte er, dass er zum »Brioni« gehen und dem Taxifahrer die Decke zurückgeben sowie bei ihm seine Schuld begleichen müsse. Zwei Tage später, das wolle er noch hinzufügen, ging er zum Krankenhaus und erkundigte sich dort vergebens nach Robert, an dessen Familiennamen, wenn er ihn überhaupt gewusst hatte, er sich nicht mehr erinnern konnte, was zu überflüssigen und bitteren Auseinandersetzungen mit den Verwaltungsangestellten führte, die behaupteten, die Patienten würden nur unter ihrem Familiennamen geführt. Dann kam er auf die Idee, sagte er, nach Alisa zu fragen. Was für eine Alisa, fragte die Angestellte, wenn das bis jetzt Robert war? Das sei eine lange Geschichte, sagte er. Sie fragte ihn nach Alisas Familiennamen. Der sei derselbe wie bei Robert, sagte Filip. Dann hat sie wahrscheinlich auch dieselben Verletzungen, wollte die Angestellte wissen, was er mit energischem Nicken bestätigte. Die Angestellte seufzte und begann in den Papieren zu wühlen. Sie blätterte lange, sagte Filip, und schüttelte die ganze Zeit den Kopf, durch die zusammengepressten Zähne murmelnd. Obwohl durch ein Pult getrennt, sagte er, spürte er die Wellen ihres Hasses, für alle Fälle stellte er sich breitbeinig hin und klammerte sich an das Pult, um nicht von ihnen mitgerissen zu werden. Die Angestellte erklärte schließlich, sagte Filip, jetzt bleibe ihr nur noch eine Möglichkeit. Sie ging zur Tür hinter der Anmeldung, öffnete sie und fragte, ob jemand etwas über einen Robert oder eine Alisa wisse. Nach einer Weile erschien eine Putzfrau im blauen Kittel und ging, als die Angestellte auf Filip zeigte, auf ihn zu. Alisa sei weg, teilte ihm die Putzfrau mit, und er wiederholte: »Weg, weg, aber wohin?« Hinauf, sagte die Putzfrau und wies mit dem Kinn nach oben, zur Zimmerdecke. Auch er hob den Blick zur Zimmerdecke, sagte Filip, und so betrachteten beide eine Weile die Zimmerdecke, wie Anstreicher, die sich anschickten, sie zu tünchen. Ohne den Blick zu senken, sagte Filip, fragte er sie, auf welcher Etage. Auf keiner Etage, sagte die Putzfrau, sie ist im Himmel. Beide starrten weiterhin zur Zimmerdecke, sagte Filip, als würde sich Alisa jeden Augenblick von dort melden. Statt ihrer, sagte er, meldete sich die Angestellte von der Aufnahme und sagte, nun sei klar, warum sie weder Robert noch Alisa finden konnte. Sie steckten in einem anderen Ordner, sagte sie, sagte Filip. Und in der Tat, kaum hatte sie diesen Ordner aufgeschlagen und in ihm geblättert, rief sie mit schriller Stimme, das Papier sei da, jetzt könne sie aufatmen, für einen Augenblick habe sie geglaubt, das System funktioniere nicht, aber jetzt sehe sie, alles sei in Ordnung, alles an seinem Platz, die Lebenden bei den Lebenden, die Toten bei den Toten, und wer weiß, wie lange sie noch so weitergeleiert hätte, hätte er sie nicht unterbrochen und gebeten, ihm das Papier zu zeigen, dank dem die Welt so blieb, wie sie war. Die Angestellte zögerte, zeigte es ihm schließlich doch, denn wenn jemand tot sei, könne kein Papier dran etwas ändern, keiner sterbe zweimal. Während er den Obduktionsbericht las, hielt sie für alle Fälle mit Daumen und Zeigefinger die untere rechte Ecke oder aber aus Filips Perspektive die untere linke Ecke des Blattes fest, als hätte ihn dies, sagte er, daran gehindert, es, wenn er gewollt hätte, an sich zu reißen. Er behielt nur einen Bruchteil dessen, was im Bericht stand, und zwar dank der Tatsache, dass er, sobald er nach Hause kam, alles aufschrieb, woran er sich noch erinnern konnte. Die Todesursache des Patienten, stand da, sei eine starke Blutung in der Bauchhöhle infolge einer totalen Milzruptur gewesen. Die Obduktion habe außerdem, stand da weiter, sagte Filip, eine teilweise Ruptur der linken Niere und beschränkte Blutungen im rechten Leberlappen ergeben. Außerdem wurden zwei- und dreifache Brüche mehrerer Rippen links und rechts festgestellt sowie die Fraktur des linken Schlüsselbeins und des mittleren Teils des Brustbeins. Beide Lungenseiten, sagte Filip, hätten massive Quetschungen erlitten, im Stirnlappen des Gehirns seien geringe traumatische Blutungen festgestellt worden, und an einer Stelle des Berichts wurden ausgeschlagene Zähne und zerquetschte Finger erwähnt. Hätte man den Patienten rechtzeitig eingeliefert, hieß es am Ende, sagte Filip, wäre es vielleicht möglich gewesen, die Verletzungen zu behandeln, er wurde jedoch mindestens vierundzwanzig Stunden nach den Verletzungen ins Krankenhaus gebracht, als es nicht mehr möglich war, das fatale Ende abzuwenden. Es habe nicht alles so dagestanden, sagte er, aber sinngemäß sei das der Bericht gewesen, den die Angestellte, sobald er mit dem Lesen fertig war, an sich nahm und in den Totenordner zurücklegte. Dabei warf sie ihm einen verärgerten Blick zu, als sei er, sagte er, schuld an dem, was darin stand, und als hätte er absichtlich Roberts Einlieferung ins Krankenhaus auf die lange Bank geschoben. Es genügte nicht, dass ihn all das bedrückte, was sich in der Gaststätte »Brioni« und vor ihr abgespielt hatte, jetzt bekam er auch noch Verachtung zu spüren, obwohl er nicht den geringsten Grund hatte, seinem Bruder etwas Böses anzutun. Selbst wenn wir voraussetzten, sagte er, dass es sich um Eifersucht handelte, wobei er sich dessen nicht ganz sicher war, aber selbst wenn wir das voraussetzten, dann müssten wir Aristoteles zitieren, der sagt, dass die Eifersucht vernünftig und vernünftigen Menschen eigen ist, wohingegen der Neid gemein und gemeinen Menschen eigen ist, denn ein vernünftiger, von Eifersucht getriebener Mensch beschafft sich viele gute Dinge, der Neider hingegen hindert nur seinen Nachbarn daran, sich dieselben guten Dinge zu beschaffen. Er, sagte Filip, zweifele nicht im Geringsten an seiner Unschuld und sei ganz bestimmt auf Robert nicht neidisch gewesen. Alles, was er tat, habe er nur in guter Absicht getan, deshalb glaube er, ich würde ihn gut verstehen und unterstützen. Wenn er jetzt etwas brauche, dann Verständnis und Unterstützung und vielleicht eine freundschaftliche Umarmung. Als er im Krankenhaus die richtige Bedeutung dessen erfasste, was er las, musste er sich gegen das Pult der Aufnahme lehnen, sagte Filip, um das Zittern der Knie wenigstens ein bisschen zu mildern. Er war natürlich überzeugt, dass es sich um einen Irrtum handelte, dass er jeden Augenblick Roberts oder Alisas Stimme hören und alles gut sein werde. Keine Stimme war zu hören, und er begab sich gebückt und verloren zum Ausgang, als der Putzfrau einfiel, sie habe etwas für ihn. Sie reichte ihm eine Plastiktüte mit Alisas Sachen und einen Umschlag, auf dem mit Druckbuchstaben »Für den Bruder« geschrieben stand. Als er diese Worte sah, konnte er die Tränen kaum zurückhalten, er musste so tun, als sei ihm etwas ins Auge geflogen, und zwar nicht ins linke oder ins rechte, sondern in beide Augen. Gleichzeitig fragte er sich, was er mit der Putzfrau machen solle, solle er sich bei ihr nur bedanken, was in Einklang mit seinen Prinzipien stand, oder ihr doch ein paar Dinar geben. Da dachte er an die Situation mit dem Mädchen, das im »Brioni« Rosen verkaufte, und er begann in seiner Hosentasche nach Geld zu suchen, war sich aber über die Höhe der Summe nicht im Klaren und trat nur unschlüssig von einem Fuß auf den anderen. Schließlich, sagte Filip, ließ die Putzfrau ihn stehen und befreite ihn so aus diesem Dilemma. Er schaute sofort in die Plastiktüte, fand dort zerrissene Damenstrümpfe, die verschmutzte Bluse und den roten Schlüpfer, aber den Brief öffnete er erst, als er das Gebäude verließ und beiseitetrat, weil die Rettungswagen alle paar Augenblicke mit ihrer unglückseligen Fracht vorbeifuhren. Darin befand sich nur ein Blatt, herausgerissen aus einem kleinen Notizblock und mit wer weiß wann geschriebenen Sätzen vollgekritzelt, deren Buchstaben so klein waren, dass er sie bei aller Mühe nicht entziffern konnte. Nur über das, was am Ende stand, war er sich sicher: »Deine Schwester Alisa«. Er dachte, so sei es am besten, sagte er, alles habe mit einem in seiner Klarheit unklaren Brief begonnen und endete mit einem Brief, der in seiner Unklarheit klar war. Zwischen diesen beiden Briefen hatte sich die Welt aufgetan und wieder geschlossen, das Schicksal hatte sich von einem guten zu einem bösen gewandelt, und niemand, sagte er, war unverändert geblieben. Einzig über die Frage des Fehlers war er sich nicht sicher, sagte er. Beginnt die Tragödie, wie Aristoteles behauptet, mit einem Fehler, wer hat dann diesen Fehler begangen, beziehungsweise wer hat die Tragödie erlitten? Wegen dieses Dilemmas, sagte Filip, konnte er noch keine Antwort auf die Fragen finden, die er sich ständig stellte, seitdem klar war, dass das »Brioni« zur Schaubühne der Auseinandersetzung geworden war. Er fragte sich, sagte er, warum er nicht versuchte, Robert zu helfen, warum er ihn nicht in Schutz nahm, warum er nicht aus dem Lokal hinausging, als die Schlägerei begann und man schon ahnen konnte, wie sie ausgehen würde? Was hatte ihn daran gehindert, wirklich ein Bruder zu sein? Sein ganzes Leben hatte er sich danach gesehnt und sein Dasein eines Verlierers beklagt, aber als sich die Gelegenheit bot, das zu vergessen und ein Gefühl der Zusammengehörigkeit mit dem Menschen, der sein Bruder und seine Schwester war, zu entwickeln, zog er sich feige in seinen Panzer zurück und täuschte vor, nicht zu verstehen, was vor sich ging. Aber vielleicht täuschte er es nicht vor, sagte er, vielleicht begriff er wirklich nicht, was passierte, und wich der Flut aus, die auf ihrem Weg alles mitzureißen drohte? Da kam ihm der Gedanke, dass er so gehandelt haben könnte, weil Robert mit seinem Auftritt sein, Filips, Ansehen als Verlierer total ruiniert, ihn zu einem Lügner und Betrüger gemacht hatte, der sich seiner Taten schämen musste. Unter dem Druck solcher Anschuldigungen wäre niemand gleichgültig geblieben, sagte er, er habe also keinen Anlass, sich zu rechtfertigen. Während Robert Qualen erlitt, während er, Filip, zusah, wie dessen bewusstloser Körper unter den Schlägen und Lattenhieben wie eine Stoffpuppe vom Asphalt hochsprang, verspürte auch er den Schmerz, aber gleichzeitig schoss ihm der Gedanke durch den Kopf, dass jeder bekommt, was er verdient. Ein schrecklicher Gedanke, das wisse er, sagte Filip, aber er müsse mir doch alles erzählen, weil er dadurch, wenigstens vorübergehend, Erleichterung verspüre, wenngleich er sich Roberts und Alisas Tod nie verzeihen könne und auch nie verstehen werde, warum er mit deren Einlieferung ins Krankenhaus so lange gezögert und stattdessen versucht hatte, diese Zwillinge in einem Körper für sich zu behalten, sich dabei mit Roberts Bitte rechtfertigend, ihn nach Hause zu bringen, einer Bitte, von der er gar nicht sicher sei, ob sie so gelautet habe. Wenn jemand röchelt und flüstert, sind alle Wörter gleich, vielleicht hatte er darunter die ausgesucht, die ihm am besten passten? Deswegen, wegen solcher Gedanken hatte er hohes Fieber bekommen, war drei Tage lang bewusstlos, musste sogar den Rettungsdienst rufen und sich mit tollpatschigen Sanitätern herumschlagen, die ihm einen Teil der Wohnung, wie er mir bereits erzählte, durcheinanderbrachten. Hier sollte er einen Punkt machen, sagte er und sah auf seine Handflächen. Dann stieß er einen tiefen Seufzer aus und wischte sich über die Stirn. Es bleibe nur hinzuzufügen, sagte er, dass er gestern wieder zum »Brioni« gegangen sei, um dem Taxifahrer, der sie zu seiner Wohnung gebracht hatte, sein Geld zu bringen und die Decke zurückzugeben, aber zunächst habe er sich die Stelle auf dem Bürgersteig angeschaut, wo Alisa gelegen hatte. Er sah einen unregelmäßigen dunklen Fleck, der vielleicht von ihrem Blut stammte, aber vielleicht auch vom Öl aus einem geparkten Auto. Er kniete nieder, beugte sich und schnupperte daran. Es roch nicht. Wer wisse überhaupt, fragte Filip, wie der Tod rieche? Dann warf er einen Blick auf das »Brioni« und sah die Kellner, die ihn durch die Glasfront beobachteten. Er stand auf, klopfte den Staub von der Hose, ging zum Eingang, überlegte es sich dann aber anders, ließ die Decke fallen, drehte sich um und marschierte in die andere Richtung. Er hatte nicht den Mut, sagte er, hineinzugehen und womöglich die zu treffen, die Robert und Alisa in den Tod geschickt und aus ihm, Filip, ein Wrack gemacht hatten. Beim

Gehen, sagte er, müsse er sich jetzt ständig umdrehen, weil er das Gefühl habe, Teile von ihm fielen ab, als bestünde er aus jenen Klötzchen, mit denen Kinder wunderbare Sachen bauen, die aber, wenn ein Klötzchen herausbricht, unweigerlich zusammenstürzen. Er verstummte, stand vom Stuhl auf, auf dem er gesessen hatte, ging auf mich zu und schaute sich dabei tatsächlich um. Erst da erkannte ich, dass er sich wirklich verändert hatte. Solange er sprach, merkte ich das nicht, weil man sich hinter Wörtern verstecken kann wie hinter einer spanischen Wand, wenn man hingegen schweigt, ist man ohne jeden Schutz. Er machte noch einen oder zwei Schritte und blieb vor mir stehen. Eine Weile verharrte er, als erwarte er etwas, dann stieß er einen Seufzer aus und schritt langsam zur Wohnungstür, öffnete sie und trat ins Treppenhaus. Ich spürte Durchzug, eilte in die Diele, aber da war die Tür schon zugeschlagen. Mir blieb nur noch, den Schlüssel umzudrehen.

Große Erzähler Südosteuropas bei Schöffling & Co.

Miljenko Jergović
Buick Rivera
Roman
Aus dem Kroatischen von Brigitte Döbert
256 Seiten. Gebunden.
ISBN 978-3-89561-390-6

»Mit Sprachgewalt und Komik lässt Jergović
seinen gefühlsphlegmatischen Helden
im Verlauf der Geschichte gehörig aus der Kurve fliegen.
Ein brillanter Schriftsteller.«
Verena Araghi, DER SPIEGEL

Miljenko Jergović
Das Walnusshaus
Roman
Aus dem Kroatischen von Brigitte Döbert
616 Seiten. Gebunden.
ISBN 978-3-89561-391-3

»Jergović ist ein unerschrockener Protokollant der Obszönität
des Daseins im Allgemeinen und im Besonderen der Art und
Weise, wie die kleinen Leute der großen Geschichte zum
›Gebrauch‹ (Tišma) anheimfallen. Es ist ein magischer Erzählwind,
der uns aus diesem von Brigitte Döbert glänzend übersetzten
Werk vom Balkan her entgegenweht.
Man mache sich glücklich mit der Lektüre dieses Buchs,
bevor es zu spät ist.«
Andreas Breitenstein, Neue Zürcher Zeitung

Schöffling & Co.

Miljenko Jergović
Sarajevo Marlboro
Erzählungen
Aus dem Kroatischen von Brigitte Döbert
Mit einem Nachwort von Daniela Strigl
200 Seiten. Gebunden.
ISBN 978-3-89561-392-0

»Der vorliegende Band knüpft nicht nur an die genauen
und plastischen Porträts seiner vorangegangenen Bücher an;
vielmehr belegt er erneut Jergovićs Könnerschaft,
seine Sympathie für den Menschen
und seine ungewöhnliche Einsicht in die Schönheit
und Tragik unserer Existenz.«
Peter Henning, DIE ZEIT

Miljenko Jergović
Freelander
Roman
Aus dem Kroatischen von Brigitte Döbert
232 Seiten. Gebunden.
ISBN 978-3-89561-393-7

»Ich bin gefangen in diesem großartigen Roman.
Es ist die tiefe Menschlichkeit des Autors, die selbst in
Momenten des Grauens noch über dem Text und
selbst über den Figuren steht.«
Clemens Meyer, Welt am Sonntag

Schöffling & Co.

Miljenko Jergović
Wolga, Wolga
Roman
Aus dem Kroatischen von Brigitte Döbert
336 Seiten. Gebunden.
ISBN 978-3-89561-394-4

»Mit Pljevljaks Familiengeschichte rollt der Rapport
auch die Historie Jugoslawiens seit den dreißiger Jahren
auf – in einer atemberaubenden Abbreviatur sowie gespickt
mit fantastischen Figuren und aberwitzigen Anekdoten.
Wolga, Wolga erweist sich zuletzt als eine Groteske, der eine
bittere Komik innewohnt. Miljenko Jergović ist eine Meister
des melancholischen Exploits – mögen ihn die Energie
seines Erzählens und die Präzision seiner Fantastik noch
meilenweit tragen.«
Andreas Breitenstein, Neue Zürcher Zeitung

»So kann der Fall Pljevljak auch als Sinnbild für das Schicksal
eines ganzen Landes gelesen werden.
Als belehrend-einfältige Allegorie freilich möchte Jergović
seinen Roman keinesfalls verstanden wissen.
Stattdessen schlägt er die treffende Bezeichnung
›dokumentarische Fantasie‹ vor – ein Genre, in dem man
diesem grandiosen Erzähler gern weiter folgen möchte.«
Christian Hippe, LITERATUREN

Schöffling & Co.

Bora Ćosić
Eine kurze Kindheit in Agram
1932–1937
Aus dem Serbischen von Brigitte Döbert
160 Seiten. 20 Abbildungen. Leinen.
ISBN 978-3-89561-585-6

»Ein luftiges Buch über die Seele der Dinge und
den Schmerz des Erwachens.
Es sind nicht nur schöne und kluge Bücher,
die Bora Ćosić verfasst, sondern ausnahmslos solche,
die sonst niemand mehr schreiben wird.«
Karl-Markus Gauss, Süddeutsche Zeitung

»Ćosić ist der große alte, listig-heitere Mann der serbischen
Avantgarde, stark in der Polemik und noch besser
in der Erinnerung.«
Marko Martin, Neue Zürcher Zeitung

»Mit Anklängen an Walter Benjamins *Berliner Kindheit*
und Sartres *Wörter* ist der gerade erschienene Band ein weiteres,
so magisches wie kluges Geschenk an die Lesenden.«
Caroline Fetscher, Der Tagesspiegel

»*Eine kurze Kindheit in Agram* ist von der Melancholie
des Alterswerks geprägt.
Der kindliche Alltag wird von einer philosophisch aufgeladenen
Metaphernsprache umspielt, die beeindruckend ist.
Dieses Buch ist – für das Verständnis von Bora Ćosićs
Gesamtwerk – ein wichtiger und lesenswerter Text.«
Martin Sander, Deutschlandradio Kultur

Schöffling & Co.

Der Verlag dankt dem Ministerium für Kultur der Republik Serbien
für die freundliche Förderung der Übersetzung des Buches.

Република Србија
Министарство културе, информисања
и информационог друштва